马拉 著

余零图残卷

作家出版社

马
拉

1978年生。中国作协会员，广东文学院签约作家，就读于中国人民大学创造性写作专业。作品见《人民文学》《收获》《十月》《上海文学》等文学期刊，入选国内多种重要选本。主要作品有长篇小说《思南》《金芝》《东柯三录》《未完成的肖像》，中短篇小说集《生与十二月》，诗集《安静的先生》。曾获《人民文学》长篇小说新人奖、广东省鲁迅文学艺术奖、《上海文学》短篇小说新人奖、《广州文艺》都市小说双年奖、广东省青年文学奖、孙中山文化艺术奖等奖项。

序

有一年，铁城下了场芒果雨。也是那年，芒果又开了一次花。

铁城靠海，呈热带季风气候，每年总会有几次台风。每次台风过境，原本规矩清洁的小城顿时变得邋遢不堪，街上满是横七竖八的残枝败叶，广告牌吹得东倒西歪，一副垂头丧气的样子。某年，台风来得异常凶猛，名字倒是动人："海伦"。海伦是古希腊神话中的人物，出身高贵，宙斯和勒达之女，据说她是人间最漂亮的女人，著名的特洛伊之战便是因她而起。"海伦"来的那次，先是细小柔和的"哗哗"声，接着粗鲁起来，疯狂地撕扯大地的头发，将它们抛到回旋的气流中去。空中疾驰着一片片碎屑，如同黑压压的鸟群。它们飞得凌厉急促，毫无章法。铁城人躲在窗子后面，望着鸟群祈祷，希望它们飞得远远的，千万别冲着窗子飞过来。气流和墙面摩擦着，发出哨子般尖锐的惊叫。"海伦"过后，铁城人走出门，依然心惊肉跳，这么厉害的台风，几十年没见过了，树就不说了，几乎全趴在地上。台风带来的雨水，疯狂灌溉着城市，山体松弛着瘫下来，烂泥堆满路面。只有不知好歹的小孩踩在树干上跳跃，他们把树干当成蹦床，一下一下踩在父母碎裂的心上。花了差不多一个月，铁城人才把"海伦"路过的痕迹清理干净，路面重新变得整洁，树撑了起来，崭新的广告牌让城市焕发出生机。铁城人对"海伦"的记忆如此深刻，以致此后好些年他们说起坏事儿总爱说，他妈的，"海伦"来了。海伦是世间最漂亮的女人，和灾难比起来，漂亮充满罪恶。

让铁城人惊讶的是那年的芒果，结得繁硕沉重，树枝都压了下来，弯成一张弓。有的由于负担过于沉重，干脆折断枝干，只剩下树皮挂在主干上，丑得不像样子。果子太多了，行人站在路边上，伸出手可以随意摘下几个。以前，每到芒果成熟的季节，铁城到处贴满告示，电视台一次次地广播，希望广大市民不要摘路旁果子。倒不是政府小气，是担心安全问题。每年，总有人为了摘芒果从树上掉下来，一头砸在水泥路面上，紫黑的血流了一地，青黄的果子滚落四周。那是果子结得少的原因。铁城道旁树以芒果、大王椰、榕树为主，分布在不同的道路上。大王椰一般在主干道，高大挺拔，枝干笔直，具有威严的形式感，市政府旁种的便是大王椰。榕树多是在小巷，充满浓郁的生活气息，扯气根几乎伴随着每个铁城人的童年。如果我们穿过铁城的小巷，总会看到被长辈抱在怀里的孩子，伸出稚嫩的手，拉扯榕树的气根。春夏之交，榕树生长出新的气根，嫩白中略带点黄，充满水分，一折即断，和长成后的韧劲儿完全不同。除开大王椰和榕树，其他道路上多半种的芒果。道旁的芒果多是大核，纤维粗糙，要命的是它甜，带有特别的异香。总会有人想摘，总会有人摔死。为了几个芒果送命，不值得。如果知道会送命，谁都不会摘，谁都不会认为自己有这样的坏运气，总会有人去摘。铁城市政府为此伤透了脑筋，怎么提醒都没有用。那年芒果开花时，见花不见叶，阳光无雨，有经验的铁城人说，这得结多少果子？果子结得满树都是，铁城人失去了摘芒果的兴趣，他们家的罐子里泡满了芒果片，家里堆了一堆堆的芒果。没人吃，只能烂掉。街道两旁满是掉下来的果子，摔烂后黄色的果肉露出来。有些被人踩到，滑腻腻的一团。清洁工看着满树的果子发愁，这得扫到什么时候？

就在铁城人为芒果苦恼不堪时，台风来了。据气象台报道，这次的台风八到九级。和"海伦"比起来，简直见不得人。台风从海面上缓缓移动过来，大约上午十一点登陆铁城。下午一点半左右，风大了起来，树木开始摇晃。此时的街道上，人正多。大风起来时，铁城人看到了一个奇观，满树的芒果"哗啦啦"掉下来，像是下了一阵芒果雨。不到十分钟，街道两旁全是摔烂的果子，原本灰白色的人行道染成了橘黄。芒果砸在汽车顶上，发出"乒乒乒"的巨响。挡风玻璃上"嘭"的一声，留下一个黄色的印子，碎裂的果子沿着挡风玻璃滚落下去。很快，挡风玻璃涂上了黄色，看不清窗外，打开雨刮也没有用。等风小了，芒果雨停了，司机下车，拿纸或毛巾擦开一块儿亮，勉强把车开回去，他们看到路上全是芒果，他们像是开在芒果铺成的街道上。碾碎后的芒果，和灰尘、泥土挤在一起，水泥路面变成了灰黄色的泥滩。第二天早上，铁城的街上，满是载满果子的清洁车，一车一车的芒果随着它们到城外的垃圾场。清洁工拿着高压水枪清洗路面，铁城飘荡着芒果诡异的香味。铁城人心有余悸地看着芒果树，他们惊异地发现，树上没有一个果子。他们仔细检查过每一棵树，一个都没有。台风把所有的果子都刮下来了，这让他们松了口气。仅仅过了一个月，铁城人的心又提了起来。他们看着芒果树，迷惑不解。芒果树又开花了，开得比上次更浓烈，蜜蜂"嗡嗡嗡"地飞来飞去。花瓣落在地上，细细白白的，初冬的雪花一般。以往反常开花的芒果也有，一两棵或者几棵。全城的芒果又开花了，这种事他们没有见过。想想一个月前的芒果雨，铁城人的心无法安定下来。市政府的工程车出动了，穿着蓝色制服的工人，戴着黄色的安全帽，手里拿着高压水枪，水枪指向芒果花，和芒果花一起打下来的还有叶子和成群的蜜蜂。不少工人被蜜蜂蜇得鼻青脸肿，尽管他们包裹严实，穿得像太空人。值得庆幸的是，这都是些普通的蜜蜂，并没有造成人员伤亡和大的恐慌。虽然市政府已经出动了工人来打芒果花，铁城人依然不放心，他们想：总会有漏网之鱼，总会有他们没有打到的芒果花，这意味着还会结很多芒果。他们不想再看到芒果了，一个都不想看到。芒果花谢了，芒果树不动声色。铁城人看着芒果树，想找到果子。他们太心急了。等了一个月，又一个月，芒果树上空空荡荡，没有一个果子。铁城市开始流传各种各样的流言，总之，这不是吉兆。要不然怎么会开了这么多花，却没有结出一个果子？

流言传到烟墩山，传到烟墩山半山腰的望水斋。望水斋主人顾惜持听到流言时正在喝茶，他手里拿着瓷杯。瓷杯外青内白，杯底躺着一枝荷花。黄绿色的茶水注进去，荷花润泽了，像是被风吹得摇动起来。顾惜持喝了口茶，嘴里挤出两个字：荒唐。芒果开花，结果或不结果，都是再正常不过的事。果多果少，又有什么关系呢？陶铮语坐在顾惜持对面，点了根烟，默默不语。上山前，陶铮语和陶慧玲打了个招呼，说晚上不用等他回来吃饭。陶慧玲问了句，又去望水斋？陶铮语点了点头，算是回答了。陶慧玲站在门口，想说什么，又没有说。陶铮语下楼，发动汽车。陶慧玲瘦了些，脸尖了，腹部和屁股上的赘肉藏了起来。到望水斋坐下，顾惜持正在午睡。他一直有午睡的习惯。每天中午，从一点半到两点，春夏秋冬雷打不动。这个地方，陶铮语太熟了，每个月他都会来几次。早上、中午、下午、晚上，各个时段他都来过。他知道顾惜持有午睡的习惯，只是他没想到路上会那么通畅，要在平时，算上塞车半个小时，他到了刚好顾惜持起床。顾惜持起床了，还要在床上坐一会儿，这个时段就难说了，有可能几分钟，也可能几十分钟。等他从房里出来，才是见客时间。

把车停在山脚停车场，陶铮语沿着山路走上来。说起烟墩山，算是铁城一景，老少皆知。以前，铁城小，开车在城区绕一圈寥寥二十分钟。烟墩山原本在铁城市郊，如今算是城中，黄金位置。烟墩山不高，海拔只有一百七十余米。到底有多高，陶铮语没有查证，似乎也没有查证的必要。山上有座古寺，名曰西山寺，据记载有两百多年的历史，香火旺盛时僧众多达三百余人。想象下那个场景，再看看现在，难免让人感慨。如今的西山寺，僧人整日昏昏欲睡，也难得见到几个。静寂倒是静寂，荒凉的意味更重了些。单从规模上，可以推想出来，不及鼎盛时期十之一二了，这还是上世纪九十年代中期重建的结果。至于寺庙为何被毁，没人说得清楚。听老人讲，解放前每天晨昏都能听到西山寺的钟鼓，悠长浑厚。清晨时分，钟声响起，一群群的鸟从林中飞起。这些景象现在是看不到了。钟鼓倒是重新响了起来，只是传不出多远便被弹了回来。这些年，铁城膨胀得厉害，从一只小鸡变成了猛虎，张牙舞爪的，到处都是带着陌生口音的外地人。这些强壮的外地人，进工厂、开饭店、摆地摊，为了活下来挣钱，他们什么都愿意干。和他们一起到铁城的，还有满身土气的姑娘和妇人。三十年后，他们变了。有的老了，有的死了，还有的不知所终。铁城也变了，从一个小城长成两百多万人的中等城市，每条街道都像一条吸血管，吸着他们的血长大了。长大后的铁城，陶铮语看着都觉得陌生。他从小生活的城市似乎变成了别人的城市，普通话代替了各地方言，也代替了铁城方言成为这个城市的主流语言。在家里，陶铮语说普通话。陶慧玲是湖南人。结婚后，为了不让陶慧玲觉得被孤立，他陪着陶慧玲说普通话，有了孩子后，孩子跟着说普通话，只有陶铮语父母还在说铁城话。以前，如果陶慧玲不在家，陶铮语陪父母说铁城话。有一天他突然发现，即使只有他和父母在家，他说的也是普通话。普通话侵占了他的语言，他身边朋友原本的话也逐渐被普通话所代替。

陶铮语从西山寺旁绕过去，走过一片竹林，望水斋便在眼前了。白墙灰瓦，门口种了两棵雪松，碗口粗，倒也漂亮。门头上写了三个字"望水斋"，稳壮的隶书。黄瘦骨的字，铁城最出名的书法家，七十多岁，矮胖矮胖。陶铮语见过黄瘦骨几次，没什么好感，嫌他太过油滑老套，沽名钓誉之心太盛。再且他那身板，和瘦骨有什么关系。有次一起参加活动，顾惜持组织的，同来的还有铁城市器官捐献组织的朋友。席间谈起器官捐献，黄瘦骨拍着胸脯说，等他死了，全身都捐了。朋友说，黄老师，您有这个心难得。不过这事儿，您一个人说了不算，得您妻儿同意才行。黄瘦骨叫嚷起来，我这一身肉我做主，关他们什么事？你拿张表给我，我签了。朋友说，黄老师，你这样说，这事儿办不成。黄瘦骨一直嚷嚷。陶铮语看着他，一言不发。再看顾惜持，微微笑着，喝茶，像是没有在听。等人散了，陶铮语对顾惜持说，大师，您觉得黄瘦骨真会把他那身肉捐了？顾惜持说，不会。陶铮语说，都是表演艺术家。顾惜持说，人家表演让人家表演夫，你着急上火干吗？陶铮语说，看不惯这种作风，都这么大的人了，有什么意思。顾惜持说，人家觉得有意思就行了。第一次来望水斋，看到黄瘦骨的字，陶铮语皱了皱眉。进到里面，问顾惜持，你怎么挂他的字？顾惜持反问，字不好？陶铮语说，字倒是不错，人不行。顾惜持说，字好就行了，我挂他的字，又不是摆他这个人的门头。相比较门头，陶铮语喜欢望水斋的墙，干净素雅，一无所有。他来望水斋是朋友带他来的，过去的事，不提也罢。

进了望水斋，陶铮语看了看表，一点四十，顾惜持应该刚刚睡觉。他搬了把椅子在院子坐下，墙边的美人蕉开得正好，红黄兼备，有股蓬勃的热辣劲儿。望水斋不大，半山腰的一个院子，单门独户，四野无人。从望水斋放眼出去，见山不见水，墨绿的一片。地方是个小地方，在铁城的声誉不小。陶铮语的朋友圈算大，层次不低，去过望水斋的不多，听说过的却不在少数。对不少人来说，望水斋神秘，有点鬼气，往深了又说不出来。顾惜持什么时候来的铁城，没人知道。等铁城人慢慢了解顾惜持时，他已经被奉为大师。成了大师，更没人好意思去打听他的底细，似乎也没这个必要。顾惜持谦虚，和蔼，见人多是带着笑脸，和他说话，从没见过他大声的。他在烟墩山修望水斋，铁城知道的人不少，在当年算是大动静。这一修，更显出顾惜持的深沉来。烟墩山是个公园，按理说不得修民宅，直到今日，烟墩山里也就这么一间民宅。都说顾惜持深不见底，望水斋算是坐实了大家的猜想，来拜访顾惜持的人络绎不绝。只要来人，不分尊卑贵贱，顾惜持一律上茶，到了饭点儿留饭，吃得简单，却也干净。等了一会儿，陶铮语起身走了几步，他往屋里望了望，房门紧闭。外面热了，他进了屋里，开了风扇，自己给自己冲了杯茶。

等到两点十分，顾惜持出来了。见到陶铮语，顾惜持洗了下杯问，来了好久了？陶铮语说，没一会儿，今天路上顺。顾惜持给陶铮语倒上茶说，喝茶。陶铮语喝了一口说，我最近得了两饼好茶，下次给大师带份过来。顾惜持笑了笑说，不必了，不必了，我这儿别的没有，茶是一点都不缺。陶铮语看了看屋里的博物架说，大师肯定是不缺茶的，我一点心意。顾惜持说，你来了就好了，和你聊聊天，舒服。两人闲扯了一会儿，陶铮语指着外面的美人蕉说，大师倒是有情趣，种上美人蕉了。这玩意儿小时候倒是见过，也少，这些年更是见不着了。顾惜持说，像你说的，也是个童年记忆，想起来就种上了，也没别的意思，花开得倒是热闹。陶铮语喝了口茶说，大师，有个事儿不知道你听说了没？顾惜持说，你说说看。想了想，陶铮语说，也是奇怪，今年的芒果开了两次花。头次开花芒果多得吓人，再次开花一个不结，也是奇了。顾惜持看了看陶铮语，换了茶叶。市面上流言多得很，说怕是要出大事。你信吗？顾惜持洗了洗茶说，谈不上信，心里还是有些寒颤。顾惜持说，花开自然，天道如此，一惊一乍于事无补，倒不如喝茶自在，理这些市井闲事干吗。陶铮语说，大师明白人，我们这些小老百姓不这么想，总怕有什么事情。你是知道的，树叶子落下来都怕砸破头，何况这种从没见过的稀奇事。顾惜持说，果子的事我听人讲过，花的事还是第一次听你说。陶铮语说，大师难得出去，再说，也没几个像我，拿这种世俗奇闻来叨扰大师。顾惜持喝了口茶说，听听倒也蛮好，这天象确实有些反常了。

聊了一会儿芒果，陶铮语换了个话题。他来望水斋，倒也不是想听顾惜持谈道说佛。老实说，他对这个没什么兴趣。对他来说，顾惜持更像心理导师，他总能让人心里平静下来。铁城来找顾惜持的人多，多半还是有头有脸的。喜欢谈道说佛的固然不少，这也是顾惜持的专业，有些怕是和陶铮语一样，来寻个心理安慰。顾惜持学佛，据说是禅宗的路数，可他没出家，连居士都不是。有人问起，顾惜持说，学佛即是学佛，穿不穿僧衣又有什么关系？在家不在家，居士不居士，不过是个形式。世人太重形式，反倒把核心的精神给忘了。这话，陶铮语赞成。这些年，陶铮语转战房地产市场，钱赚得不少，心里却不踏实。他还是放不下以前的事儿。进入房地产之前，陶铮语在铁城市公安局刑侦大队当大队长，办过不少大案要案，他的事迹多次登上《人民公安报》。如果他继续在公安局干下去，不说前途一片光明，至少该顺顺利利的。他干不下去了。原因简单，陶铮语经常做噩梦，梦的内容几乎相同，他杀了人，满手的血，怎么也洗不干净。他去水池洗手，水池的水红了。他去湖里洗手，湖里的水红了。他的手一直滴血，怎么都洗不干净。时间一长，陶铮语受不了，他对陶慧玲说，再这样下去，我会疯掉。陶慧玲抱着陶铮语说，老公，你想多了。你又没错，你是个警察，抓坏人天经地义。陶铮语摇摇头说，话是这么说，你不懂，你不明白。陶慧玲说，我不要明白，我只要我老公好好的。陶铮语说，怕是好不起来，一睡着就做梦，一睡着就做梦，满手的血。陶慧玲说，那也是坏人的血。陶铮语摇了摇头说，你理解不了。我这双手把十八个人送上刑场，十八个，我记得清清楚楚，十八条人命。陶铮语提出辞职，局长大吃一惊，他对陶铮语说，小陶，出什么事了？陶铮语说，没什么事。局长又问，陶铮语犹豫着说了。局长说，你心里太紧张了，要不我给你放一个月的假，休息调整一下？陶铮语说，没用，我天天睡不好，我怕这样下去会出事。辞职后，陶铮语休息了大半年。他认识顾惜持也是那段时间的事，朋友带他去的。和顾惜持聊过，陶铮语放松了些。他去望水斋的次数慢慢多起来，和顾惜持成了无话不说的朋友。他的睡眠随之好转。见陶铮语状态好了，陶慧玲自然高兴。要是陶铮语有段时间没去望水斋，陶慧玲还会提醒一句，好久没去顾大师那里了。她对顾惜持充满好感，甚至感激。

顾惜持换了泡茶，朝外看了两眼说，再过一会儿鸟该叫了。两人坐在半空的天台上，说是亭子间也行，半开放的，空气流通，一眼望去满是翠绿的山景。顾惜持摆了茶台，当成会客的场所。陶铮语说，还有鸟叫？顾惜持说，叫得厉害，好像它们也午睡似的，睡过来一阵阵叫得凶猛。陶铮语说，我倒是没听过。顾惜持说，你下午来得少，一般你来，鸟都归巢了。深更半夜一声鸟叫，那是王摩诘的"月出惊山鸟，时鸣春涧中"了。陶铮语说，你这么一说，我倒是真想听听了。顾惜持说，等等，再过一会儿该叫了。说完，指着门外的松树林说，你要仔细点看，说不定能看到松鼠，今年松鼠多。陶铮语站起来，走到天台边上，看了一会儿，果然，他看到了松鼠，三只，灰褐色的，毛茸茸的大尾巴，像是一家子。回到茶台，顾惜持开了罐茶说，你祖籍好像是潮州的？陶铮语说，上一代的事了，我自小在铁城，土生土长的。顾惜持说，前段时间，有朋友送了我两罐单枞，说是不错，你试试，喝茶这是你们潮州人的强项。陶铮语说，我这个潮州人，算是丢了潮州的传统，喝茶喝得少，家里连个茶台都没有。顾惜持说，你忙，也难怪，不像我们闲人，得空喝茶，有闲看云。陶铮语说，大师过的才是好日子，我们活得只能算是苟且。顾惜持说，你想多了，哪有什么好坏，各自满足而已。陶铮语拿过茶罐看了看说，这名字，也是没谁了。顾惜持说，名字怎么了？陶铮语说，鸭屎香，名字倒是熟悉，也见过，心里总是有点障碍。顾惜持给陶铮语倒了一杯说，味道还是不错的，养胃，你胃不好，喝喝这个不错。陶铮语喝了一口说，和英德红茶味道蛮近。顾惜持喝了一口说，有点那个意思，不过还是不同。两人扯了会儿茶，谈到潮州凤凰山的古茶树，明前茶不过几两，普通人别说喝，见都见不到。那茶树，有专人看着，怕人搞怕坏。据说，要是拿浸过牛尿、马尿的铁钉钉进树里，要不了多久，树该死了。陶铮语去过凤凰山，见过传说中的古茶树，树没有想象的高，树干上爬满了苔藓，周围用栏杆围了起来。长了几百年，都成精了。山上古茶树有好几棵，这在潮州的爱茶人眼里，想必是无价的宝贝。陶铮语更喜欢山顶的湖，湖水翠绿静谧，人往那儿一坐，山风吹拂，舒服。

又喝了一泡茶，顾惜持问，你今天来，是不是有什么事情？陶铮语说，什么都瞒不过大师。顾惜持说，你一来，心神不宁的，傻子才看不出来。陶铮语说，到底是个干不成大事的人，心底清浅，藏不住事情。顾惜持说，芒果说完了，茶也说完了，想说什么，你说，我听着。陶铮语说，大师，不瞒你说，最近老是睡不好。顾惜持说，又做噩梦了？陶铮语说，这次倒不是，我一直在想一个问题。顾惜持问，什么问题？陶铮语端起茶杯，朝天台外看了一眼说，大师，你知道我以前是个警察。我之所以不做警察，主要是觉得自己杀气重。有些人不觉得，我不行。我想到那些被我送上刑场的，那也是命，一条条的人命，也是人生人养的。辞职后，加上大师开导，我慢慢算是放下了。可有个案子，在我心里牵挂了十年，一直没放下，也不好跟人讲。顾惜持说，哦，还有这样的事，倒是没听你说过。陶铮语说，这个案子，除了警察系统，外面知道的人少，我对陶慧玲都没有说过。顾惜持说，做警察的，尤其是刑警，杀人放火强奸抢劫你应该见得多了。陶铮语说，这么变态的少。顾惜持给陶铮语倒了杯茶。陶铮语喝了杯茶说，要命的是案子还没破，大师，你说，我把那么多人送上刑场，怎么就这个没抓住呢？顾惜持说，你说了半天，我还不知道是个什么事情。陶铮语说，说起来其实也简单，有个变态奸杀了六岁女童。顾惜持说，哦，这样。陶铮语说，做这么多年警察，此前此后我没见过这么变态的。奸杀也就算了，那个变态往女童阴道、肛门里灌沙子，割喉，乳头割掉，刻了十字，还往女童嘴里塞了根牛鞭。顾惜持摆了摆手说，好了好了，小陶，你不要再讲了。陶铮语收住话头说，大师，对不起。顾惜持说，听你说几句，我汗毛都起来了。陶铮语说，辞职好几年了，我偶尔还会梦到我是警察，还在查这个案子。顾惜持问，一直没线索？陶铮语说，算是没什么线索，凶手很狡猾，没留下指纹，没留下鞋印毛发，现场非常干净。顾惜持说，这么说是惯犯了？陶铮语说，这倒不一定，不过凶手很聪明，具有一定的反侦察经验，这个倒是可以肯定。顾惜持说，算了，你都辞职了，不想这个事情。陶铮语说，想也没什么用，只是心里放不下，总觉得有件事没做完。你现在如果让我回去做警察，哪怕让我做局长，我也不肯去了。不过，你要是说，我回去再做一年，就能把这个案子破了，那我还是愿意回去。熬一年，把心里的事都放下，也是值得。顾惜持说，难得是心安。陶铮语说，今天把这事说出来，我心里舒服多了。在家里不好说，怕吓到陶慧玲，她本来胆子就小。顾惜持问，以前怎么不见你说？陶铮语说，还不是不好意思，怕你笑我没用，做警察，十年破不了一个案子。顾惜持笑了笑说，我怎么敢笑你，铁城谁不知道陶铮语是辣手神探。陶铮语说，那都是鬼扯，什么神探，还辣手，港片看多了吧。

顾惜持看了看手机说，鸟该叫了，时间差不多了。陶铮语放下茶杯，往椅子上靠了靠，双手交叉叠在腹部。两个人面向树林坐着。从这个角度，可以看到西山寺的屋檐，弯弯的勾成一个勺子。阳光斜了一些，照在松树上反射出黑色的亮光，低矮处松树微微摇摆，似有若无的松涛声送了上来，细细的像是虫鸣。等了一会儿，像是得到了号令，一只鸟叫了起来，接着嘈杂起来，成群的鸟"腾腾腾"地从树丛中飞了起来，叽叽喳喳叫成一片，叫了大约七八分钟，箭似的向远方飞去，从一个个黑点变成空中的云。鸟声静寂下来，陶铮语说，这会儿倒是明白了"蝉噪林逾静，鸟鸣山更幽"的意思了。顾惜持说，我天天坐在这儿听，觉得也平常得很，境由心生，你不想倒没什么，一想什么都有了。王阳明不是说过"你未看此花时，此花与汝同归于寂；你既来看此花，则此花颜色一时明白起来，便知此花不在你心外"。陶铮语说，大师想得通透，我们这些俗人还是不行，依然还是红尘万丈的。顾惜持说，我也不过是摆个架子，真通透的，哪会是我这个样子。你看我这望水斋，迎来送往，不知道的还以为是夜总会呢。陶铮语说，大师说笑了。又聊了会儿天，天色晚了，顾惜持留陶铮语吃饭。陶铮语说，不了，回家吃饭，再不回家吃饭，陶慧玲要生气了。顾惜持说，这样，那我就不留你了，我这儿也没什么吃的，老陈不在，我也是凑合。送陶铮语出门时，顾惜持握住陶铮语的手拍了拍说，小陶，过去的事不要想太多，那也不是你的责任，该做的你都做了。这世上万事万物，总有个了结的方式，不过你我现在不知道罢了。陶铮语点了点头。顾惜持把手上戴的手串取下来，给陶铮语戴上说，这个手串我戴了好多年，送给你。晚上睡不着，盘盘珠子，闻闻味道，说不定有用。谢过顾惜持，陶铮语下山，开车回去。

　　送走陶铮语，顾惜持煮了碗素面。煮好面，重新洗了锅，煎了两个鸡蛋。老陈前几天请了假，说家里有点事。原因顾惜持没问，他不是个多事的人。再说了，老陈在望水斋，不过帮忙打扫，买菜做饭，至于他身世来历，顾惜持也不关心。朋友介绍老陈来，说老陈寡言少语，不多事，这是顾惜持看重的。他这里人来人往，有些事实在不便让外人知道，有个妥当的人放心些。顾惜持把面端到桌子上，又进厨房将鸡蛋装进碟子，点了点酱油。面是素面，加了几根香菜，味道也说得过去。顾惜持对吃谈不上讲究，干净卫生即可。鸡蛋煎得正好，酱油略多了点，稍咸。吃完面，将桌子收了，读了会儿书。顾惜持在博物架边上站了一会儿，架上除开茶，还放了两个瓷瓶。朋友送的，说是汝窑的。顾惜持不懂瓷器，朋友送他时，他不肯收，说他不懂瓷器，放这儿可惜了。朋友说，也不是什么值钱的东西，权当是个玩物。后来有懂行的过来，看到瓷瓶说，这瓶子不错。顾惜持问，怎么讲？来人说，你看看这开片，多漂亮。又拿起瓶子仔细看了一番说，怕是很有些年头了。朋友再来，顾惜持要他拿回去。朋友说，都送给你的东西了，怎么好拿回去，天下哪有这样的道理。两人互相推辞了一番，朋友生气了，大师，你这是看不起我，你要是不喜欢，你把它砸了。话说到这份上，再说下去就矫情了。瓶子摆在架上，顾惜持闲时看看，越看越觉得有些意思。到底什么意思，又说不上来。看了一会儿，顾惜持上了天台，把陶铮语用过的杯子洗过收了，他重新泡了泡茶。和陶铮语交往三四年，他一直觉得陶铮语眉头凝结，像是藏着很多心事。铁城的灯亮了，一大片地铺出去。这几年，顾惜持看着铁城的灯火越铺越远，他的眼光也越拖越远。喝了几杯茶，顾惜持手机响了。他拿起来一看，古修泉打来的。接了电话，古修泉问，大师，在望水斋吗？顾惜持说，在呢。古修泉说，正好路过烟墩山，想上来看看大师。顾惜持说，好。挂掉电话，顾惜持洗了几个杯子，烧了水。

等了大约二十来分钟，门口传来停车的声音，车灯灭了，关车门的声音。顾惜持下楼，走到院子里，给他们开门。古修泉和姚林风站在门口，古修泉手里提着几个打包盒，姚林风手里拿了两瓶红酒。顾惜持说，你们这是干什么？古修泉笑了笑说，知道老陈不在，你这几天怕是没沾荤腥。顾惜持笑了笑说，看来我这个懒已经出名了。古修泉说，大师这不是懒，明明是魏晋风度。顾惜持侧过身子，让他们进来，随手关了院门。古修泉说，打包了几个菜，正好林风带了酒。把菜放在桌上，顾惜持从厨房拿了几个盘子装上。古修泉问，大师吃过了？顾惜持说，吃了碗面。古修泉说，那正好。姚林风熟门熟路地拿了酒杯，又开了酒倒上。顾惜持拿起酒杯说，你们这一来，一会儿我又得收拾。姚林风笑了起来说，大师，放心，喝完了我帮你收。顾惜持说，可不敢麻烦大小姐你。姚林风说，大师这就见外了，我到你这儿挺自在的，你倒不自在了。顾惜持说，倒不是不自在，我怕你打碎了我的杯子。姚林风"咯咯"笑了起来，大师，你越来越幽默了。古修泉买了烧猪肉、烧鹅、盐焗鸡脚，还有一大份三文鱼，满满摆了一桌子。顾惜持说，你这是觉得我十年没吃肉了吧？古修泉说，这不关你事，我想吃了。家里吃得太素，老婆嫌我胖，不让吃，也只能偷偷出来吃点儿。顾惜持说，我去拍两根黄瓜，你这太肉了，看着犯晕。古修泉笑了起来说，那麻烦大师了。等顾惜持把拍黄瓜端上来，姚林风说，总算见到点绿了，买的时候我就说了，八百年没吃过肉似的。姚林风举起酒杯说，大师，我们喝一杯。

几杯酒下去，古修泉说，大师，有个事儿你听说了没？顾惜持说，每天那么多事儿，我知道你说的哪个？这倒也是，大师这儿是铁城的信息交互中心，市长知道的事儿恐怕都没大师多。你这是在笑我了，顾惜持抿了口酒说，酒不错，虽然我不懂红酒，味道舒服。古修泉说，大师，你上街看到芒果没？听古修泉说完，顾惜持笑了起来。顾惜持一笑，古修泉说，大师笑得诡异。姚林风说，满城都在说芒果，也是奇怪了，你们怎么对芒果这么感兴趣，结不结芒果有什么关系？古修泉说，你不懂。姚林风嘴角笑了一下，就你懂，你懂的最多。古修泉说，今年不正常，先是满树的芒果，多得吓人，接着台风来了，下了阵芒果雨。这倒也罢了，开了满树的花，不结一个果子，联系起来一看，有点吓人。顾惜持说，你们今天也挺奇怪的。古修泉问，怎么奇怪了？顾惜持说，不问倒好，一问今天来了几个。古修泉有点意外，还有人问了大师？顾惜持说，陶铮语刚走，要不你们两个倒是可以聊聊。说完，和姚林风碰了下杯说，倒是好久没见你了，忙什么呢？姚林风说，我还不是闲人一个，经常想来看大师，又怕打扰，要不是修泉，我今天也不得来。顾惜持问，你们还好吧？姚林风看了古修泉一眼说，还能怎样，老样子。顾惜持说，那也挺好。古修泉说，大师，你说这算不算是异象？顾惜持说，你问我，我问哪个？异不异象且让它去，老天做事，哪是我们凡夫俗子能猜透的。听顾惜持这么说，古修泉收了话头，也是，管它，我们喝酒。

　　两瓶酒喝完，姚林风收了桌子，顾惜持和古修泉在天台喝了会儿茶。再一看表，快十二点。和顾惜持道了别，古修泉和姚林风下了山。夜晚凉了下来。顾惜持看着他们的车灯在树林间一明一暗，很快远了，看不清准。古修泉和姚林风算是望水斋的常客，半个月一个月来一次，有时约顾惜持下山。如果没什么特别的事情，顾惜持多半会去。古修泉做生意。在铁城有三间大的广告公司，几乎垄断了铁城的广告生意。其中一家是古修泉的，另外两家和古修泉有说不清的关系，据说他是幕后老板，站在前台的不过是给他打工的。要是这话当真，铁城的广告便是他一家的了。铁城小，人事关系说复杂也简单，哪些是水面的，哪些是沉底的，旁人不清楚，顾惜持多半看得明白。古修泉的事，顾惜持搞不清白，他也不问，一问显得他多事，也不得体。他喜欢古修泉，这人做生意，身上却没多少市侩气，人洒脱，性质清灵。和古修

24

泉聊天得知，他祖籍浙江绍兴，来铁城近二十年。说到祖上，古修泉隐隐有得气，诗书传家的人家，底子在那儿。江浙文脉，历来鼎盛，随便一村一县，文人如鲫，且都是史上留名的人物。顾惜持研究过余姚县志、绍兴县志，一翻开脑子有点缺氧，那一个个金光闪闪的名字把他震晕了。他知道厉害，没想到那么厉害。古修泉祖上算不得大儒，说起来也有些来历，往上数五代，出过前清的进士。到了他父亲那一代，家道中落，日子说不上贫苦，离富裕也远。读大学期间，别的同学花着爷娘老子的钱。古修泉不行，家里给他学费，已是尽了大力，再给就没有了。一进学校，他得想法子解决吃喝问题。做家教，扫宿舍，这些活儿古修泉都干过。到了大二，古修泉攒了点钱，眼光投向了校外。那会儿，广告业正时兴，古修泉帮着接传单、发广告，慢慢摸清了门道。临到毕业，古修泉组建了个小公司，赚得不多，学费吃穿是不用家里的了，手里还有点闲钱，交了个女朋友。本来挺好的事情，后来分了。古修泉一气之下，关了公司，来了铁城。到了铁城，他还是做广告，一步步起来，做得有声有色，如今他是铁城的广告大鳄。

古修泉第一次到望水斋什么情景，顾惜持想不起来，大约和朋友一起来的。来望水斋的多半如此，先有朋友带着，等熟了自己来。不过，有个事情顾惜持倒记得清楚，姚林风到望水斋是和古修泉一起来的。那天人少，就他们两个。介绍姚林风时，古修泉吞吐了一下。顾惜持不由得多看了姚林风一眼，脸上白净，修的一字眉，耳朵边上有颗小痣，脖子瘦长细嫩，不见深沟粗纹，保养得二十几岁一般。没什么脂粉气，干练、泼辣型，身材得当，不像古修泉发胖馒头似的。两个人坐在一块儿，从亲昵程度看，渊源深长。顾惜持本以为他们是夫妻，交往深了，才知道两个人都结了婚，算是情人关系。在铁城这么些年，这种关系顾惜持见过不少，尤其像古修泉这种大老板，身边女人走马灯似的换也没什么好奇怪的。再来，古修泉身边还是姚林风，时间久了，顾惜持习惯了。他看两个人反倒看出些意思，如果说有些图的男欢女爱，有些图的钱财，他们不像。他们两个看着比夫妻还像夫妻，举止行为自然得体，偶尔身体触碰落落大方，没有一点挑逗的意思，反倒弥漫黏稠的爱意，甚至让顾惜持想起两个字来：爱情。常常他们走后，顾惜持觉得可惜，这要是两口子，说得上美满，天意弄人。姚林风从没一个人来过望水斋，都是和古修泉一起来，手挽着手，到亲戚家串门似的。只有两个人时，顾惜持和古修泉聊过姚林风，略略了解了姚林风的身世，这让他确信他的感觉是对的，姚林风不图古修泉的钱，纯粹喜欢。说起姚林风，古修泉满是爱惜，说话的语气也柔和起来。顾惜持试探着问过，既然如此，为什么不在一起呢？他的意思明白，古修泉一笑反问到，我们不是在一起么？顾惜持不好再说了。

又喝了两杯茶，下到客厅，顾惜持看了会儿博物架上的两个瓷瓶。他铺了张纸，拿了笔，坐下来，写了幅《心经》。写完，顾惜持站起来看了看，摇了摇头，把纸揉成一团，扔进纸篓。十二点多，该睡了。他的几个字写得比以前更心浮气躁，肥胳膊肥腿儿，柔若无骨。顾惜持慢慢踱进房间，开了灯，拉上窗帘，脱了衣服。房间黑不见底，顾惜持闭上眼睛。他想睡，眼前又冒出陶铮语来，还有古修泉和姚林风。他们问了他同一个问题，为什么开了那么多花，却没有结出一个果子来？他想起了海伦。海伦，海伦，这是一个女孩儿的名字，她漂亮。她可以是女神，也可以是一次台风。都是因为海伦，海伦也曾经是个小女孩。

卷一：陶铮语移山图

　　1939 年 12 月 6 日，徐悲鸿应印度诗人泰戈尔之邀，经新加坡、仰光、加尔各答，抵达圣地尼克坦。1940 年 2 月，甘地访问尼克坦，泰戈尔向甘地引见徐悲鸿。徐悲鸿为甘地画像时，他被这位为民族独立奋斗的印度灵魂人物深深感动，于是充满激情地开始创作《愚公移山》草稿与人物写生。有人撰文称：愚公移山的故事，徐悲鸿构思已久。为甘地画像时，从这位独立的印度灵魂身上，徐悲鸿看见了愚公的影像。1940 年，徐悲鸿在印度耗时三个月绘制完成该巨幅设色水墨画。

　　《愚公移山图》取材于《列子·汤问》中的一个神话传说：愚公因太行、王屋两山阻碍出入，想把山铲平。河曲智叟取笑他："甚矣，汝之不惠。以残年余力，曾不能毁山之一毛，其如土石何？"北山愚公长息曰："汝心之固，固不可彻，曾不若孀妻弱子。虽我之死，有子存焉；子又生孙，孙又生子；子又有子，子又有孙；子子孙孙无穷匮也，而山不加增，何苦而不平？"帝感其诚，命夸娥氏二子负二山，一厝朔东，一厝雍南。自此，冀之南，汉之阴，无陇断焉。

现代@徐悲鸿：《愚公移山图》

天微微亮，带着冷。陶铮语醒了，看看枕边，空的。他走进卫生间，抬头看了看镜子，一个晚上的工夫，胡子长起来了，用手一摸砂纸一般。刷牙洗脸，陶铮语刮了胡子，下巴光洁干净，皮蛋般光润的青色。换了套运动服，陶铮语准备出门，厨房的灯亮着。陶铮语冲厨房喊了声，我出去了。陶慧玲回了声，早点回来吃早餐。陶铮语答，知道了。只要天气好，陶铮语坚持晨跑，五公里，出一身热汗，整个人舒爽起来。陶铮语住电梯房，顶层，面积一百三十六平米，这是下层的面积。顶层有个好处，算是复式，格局虽不大规则，上层还能搞两个房间。陶铮语的书房在上层阁楼，平时陶慧玲很少进来，她在下层看电视，声音开得很小，勉强能听见。她想多了，即使她把电视机的声音调大，陶铮语关上门，杂声一下隔离开来。书房开了圆形的小窗，从小窗望出去，一片青绿的山色，要是碰到雾气升起来，灰白的一团。刚住进来那会儿，陶铮语时常坐在窗口看风景，窗是半封闭的，如果全部打开的话，一个人可以宽松地掉下去。每次到窗边，陶铮语总感觉有些异样，他忍不住往下面看，十一楼，不高不低，视角还是变化了。陶慧玲叫了师傅，给家里所有窗户加装了安全窗栏，阳台也装了隐形防盗网。装之前，陶慧玲问过陶铮语，书房的窗要不要也给装上。陶铮语想了想说，装吧。装了窗栏，陶铮语往外看的视野分割成一个个长方形的格子，像是给远山画上了坐标。再坐在窗边，视线虽然没那么舒服，心里的紧张感却也去了。

跑完步回来，陶铮语洗了个澡，换了衣服。餐桌上摆了碗白粥，两个包子，还有一碗西红柿鸡蛋面。白粥和包子给陶铮语的，他应酬多，经常喝酒，胃喝坏了。也不知道陶慧玲从哪儿听到的法子，说是早上喝点白粥养胃，她放心上了。隔一两天，给陶铮语熬白粥。熬白粥费时，陶慧玲六点得起来，洗米加水，放到汤煲里慢慢熬。陶铮语说，别搞了，我出去吃一样的。陶慧玲说，没事，反正我起得早，也不麻烦。陶铮语拿了个包子，陶慧玲问，昨天又做梦了？陶铮语说，嗯。陶慧玲说，还是以前的事？陶铮语说，有点关系。陶慧玲说，都出来几年了，你还是没放下。说完，眼里有点红。陶铮语说，没事，我挺好的，你别担心。陶慧玲说，你好长时间没做梦了，这又怎么了？陶铮语说，真没事，偶尔想起一些事情也正常，人总是有记忆的。陶慧玲说，是不是工作太忙了，注意休息。陶铮语说，我知道了。

去公司路上，陶铮语给小高打了个电话，项目进行得怎么样了？小高说，应该问题不大，陶总您到公司了吗？我到办公室当面跟您汇报，电话里几句话说不清。陶铮语说，过半小时你到我办公室，把资料带上。小高说，好。挂掉电话，陶铮语翻出顾惜持的号码，想了想，把手机收了起来。进了办公室，陶铮语泡了杯茶，看了两份文件。从公安局辞职后，陶铮语踏入房地产行业，主要负责企划宣传这块儿。说白了是个花钱的部门，当然，花这个钱是为了赚更多的钱。公司是私企，老板说起来和陶铮语沾亲带故，更主要的原因是陶铮语家族投了钱，放一个人进来，也是天经地义的事情。看完文件，陶铮语拨通小高的座机说，你过来吧。小高手里拿着一份文件，递给陶铮语说，陶总，神树的事情基本谈妥了，可是我还是有点担心。陶铮语说，担心什么？小高说，陶总，这么大棵树，这么长途跋涉的，万一出了问题怎么办？再且，就算安全运到铁城，后期宣传到底有没有效果，我心里没数。陶铮语说，这个你不用管，你把价格谈下来，别的事情我负责。小高说，谈算是谈下来了，说真的，我心里也不舒服。陶铮语看了小高一眼。小高说，陶总，不瞒你说，我感觉我是把我祖宗给卖了。陶铮语站起来，拍了拍小高的肩膀说，这个你别想多了，你得这么想，要是把神树请到铁城来了，你不是经常可以见到它了吗？小高说，可村里人见不到了。再说，万一，我是说万一，万一死了呢？那我这罪就大了。陶铮语打了小高一巴掌说，你这乌鸦嘴。小高犹豫了下说，陶总，要不我们再想想别的办法？陶铮语摆了摆手说，不想了，就这个，我们费了多少心思才走到这一步，推倒重来费神费力不说，也不见得有效果。

这两年，铁城的房子越来越不好卖。城区扩大了，人口也多了，房子盖得更快，从东到西的主干线两旁全是房子。陶铮语现在住的小区，十五年前还是农田，用老铁城的话讲，连郊区都算不上，地道的农村。这才多长时间，小区已经成为新的中心城区，陶铮语眼看着医院、学校、政府机关搬了过来，道旁树蹭蹭蹭地往上长，很快绿荫覆盖了马路。延展过去的丘陵地带依山开了不少楼盘，名字一个比一个响亮洋气。陶铮语公司开的是个小盘，规模不大，位置一般，要想卖个好价钱，不想想办法肯定不行。很长一段时间，陶铮语一筹莫展，房子要卖，总要有一两个能拿得出去说的卖点，这个盘，似乎哪儿都靠不上。卖房子打的不外乎三张牌，地位、学位、价位，有其中一张事情都好说。如果三位一体，那简直能吊起来卖了。地位说的地理位置，购物交通方便，在哪儿都占优。学位就不用解释了，多年的热点，估计还会一直热下去。铁城有名的小学，就那么三五所，旁边针插不进，二手房的价格一直居高不下。至于价位，和前面两位息息相关。靠便宜不是不行，不到万不得已，没哪个开发商愿意在价位上吃亏。这个盘倒好，去个菜市场还要坐公交。学位更不用谈，说是要规划一所小学，还是没影儿的事。即使真建了小学，按铁城人的习惯，对新学校也是不大信任的。至于价位，付出这么多努力，不就是想卖个好价钱吗？讨论营销方案，小高出了不少点子，陶铮语一一否决。时间逼得近了，陶铮语也着急，总不能房子盖好了，放在那儿不卖吧。

现在用的这个方案，和顾惜持有些关系。个把月前的事情了，陶铮语约顾惜持吃饭。朋友送了他三支毛笔，说是顶好的，大师手制。朋友说了半天，陶铮语不大懂，意思听明白了，这三只毛笔用料讲究，出自制笔大师之手，大师年迈，以后想求大师制笔估计是难了。拿了毛笔，陶铮语想到了顾惜持。他不练字，毛笔放在家里浪费了，送给顾惜持倒也合适。平日里去找顾惜持，顾惜持茶酒招待，他多半空手，想给顾惜持封个红包，又觉得不合适，心里一直觉得亏欠。等顾惜持坐下，陶铮语拿出毛笔，递到顾惜持面前说，大师，前些天朋友送了我几支毛笔，我这种草莽之人，用不了这些文房器具，记得大师习字的，送给大师也算物得其所。顾惜持接过笔，看了看说，笔是好笔，只怕我那一手烂字对不起这几支笔。陶铮语笑了起来说，大师要是这么说，我就更用不得了。顾惜持把笔收起来说，那谢谢你了。陶铮语说，大师客气了，平日里在你那儿混吃混喝也不是一次两次，我都不好意思得很。顾惜持说，这么说就见外了。陶铮语说，那就都不客气了，你收着，不谈这个了。

酒菜摆上桌，两人喝了几杯，说了几句闲话。顾惜持说，最近你到望水斋少了，忙什么呢？陶铮语说，房子的事儿，焦头烂额，不知道该怎么搞。说完，详细给顾惜持介绍了楼盘的情况。陶铮语说完，顾惜持和陶铮语碰了碰杯，也没说什么。酒喝到中途，顾惜持突然说了句，小陶，我有个建议，你看看合不合适。陶铮语说，大师，你说，我听着。顾惜持问，小陶，我问你，铁城人最信什么？陶铮语笑了起来说，信钱。顾惜持指着陶铮语说，你这是掉钱眼里了，和你说正经的，你仔细想想。除开钱，铁城人最信什么？见顾惜持认真，陶铮语也严肃了，想了一会儿，陶铮语吐出两个字，风水。这是实话。外地人可能想不到，铁城人为什么这么迷信风水，据说市政府大楼建之前，都是请人看过风水的。顾惜持说，到底是聪明人，一点就破。陶铮语说，大师，我不明白你的意思。顾惜持笑了笑说，聪明人怎么又糊涂了？你这个盘，可能什么都不好，但是风水好啊。话说到这儿，陶铮语再笨也明白了。他举杯和顾惜持碰了碰杯说，大师，高明，确实是高明，这杯我敬你。喝完酒，陶铮语说，风水这个东西，也不能我说好就好，总得有个说法。顾惜持说，只要肯动脑筋，说法总会有的。

陶铮语说，怕是还得劳烦大师。顾惜持说，说不上劳烦，都是自己朋友，有什么需要我帮忙的，尽管说。陶铮语说，大师说了这话，那我就放心了。顾惜持说，也不能空口无凭，既然要做风水，你还要做点让人看得到的东西。陶铮语说，比如？顾惜持说，你在楼盘种棵风水树吧，要大，要老，要让铁城人像看稀奇一样来看这棵树。陶铮语想了想说，这个问题不大，多谢大师指点。

　　回到公司，陶铮语找到小高说，小高，你做个策划案，主题是"寻找铁城风水最好的楼盘"，具体操作细节你考虑仔细点，做好了给我看。小高一头雾水说，陶总，我们现在忙得像狗一样，哪里还有时间做这个活动。陶铮语说，别的先放下，集中精力做这个方案。小高说，陶总，这个和我们有关系吗？陶铮语说，有，怎么没有？你不觉得我们开的那个盘就是铁城风水最好的楼盘吗？听陶铮语说完，小高张大嘴巴说，哦，这样，我明白了，那我先出去了。说完，起身准备走，陶铮语叫住他说，对了，你再问问朋友，看哪里有风水树，要大，特别大，特别老。小高问，多大？陶铮语说，大到铁城人没见过。等小高出门，陶铮语给古修泉打了个电话，古总，有个事儿想麻烦你一下。古修泉说，陶总，有话你说，咱们兄弟俩还客气什么。陶铮语说，我想搞个活动，还得请你支持。古修泉说，陶总，你晚上有空没，要不咱们晚上聚下？咱们兄弟俩也好久没聚了。陶铮语说，也好。古修泉说，那行，就这么定了，订好了我地方我发给你。过了几分钟，古修泉把地址发过来了。陶铮语给小高打了个电话说，小高，下班别走，跟我一起去见个客户。临到下班，陶铮语给陶慧玲发了个信息，晚上我不回家吃饭了。陶慧玲回，好的，少喝酒。陶铮语回，放心。

　　古修泉订的餐厅在三溪村。三溪村原本是个古村落，铁城发展起来后，三溪村被包围起来。拆吧，舍不得，毕竟还有点历史，建筑风格颇具代表性。不拆吧，村里没多少人住，占这么大块儿地方看似浪费了。一拖二拖，十年过去了。再想拆，成本太高，拆不了了。后来，有人动了心思，在村里开餐厅，老屋稍加改造，味道全出来了。古色古香，独门大院，环境好不说，私密性更不是外面的餐厅所能比的了。一时之间，铁城的食客蜂拥而至，各路小资、文艺青年更是穿梭其中。短短两三年时间，三溪村的老屋租售一空，几乎全做成了餐厅、咖啡馆、小酒吧，中餐西餐一应俱全，全国各地的菜系争奇斗艳。装修的风格更是让铁城人耳目一新，以致不少人从大理、丽江、阳朔旅游回来后抱怨，没毛意思，还不如到三溪村转转。陶铮语看着三溪村一步一步走到今天，作为本地人，他觉得欣慰，这比拆掉好多了。虽然样子和以前大不同，毕竟还是留下了。他经常带陶慧玲来三溪村吃饭，陶慧玲喜欢吃辣，他陪着。他喜欢吃海鲜，陶慧玲陪着。三溪村多是老房子，巷子狭窄，要往里面去，只能步行或者开摩托车，汽车进不了。到了晚上，人多起来，除开吃饭的，还有不少过来闲逛的，随便进一家店坐坐，店家礼貌客气，端一杯茶，问个好，也不强求消费。和陶慧玲过来吃饭，吃完后，陶铮语喜欢牵着陶慧玲的手在巷子里散步，村里没有路灯，只有各个店家院里和墙外的壁灯照出来，院墙爬了青苔，灰黑一片，两个人走在里面，像是谈恋爱。偶尔，他们会找个地方坐下来，再喝个咖啡，到了十一二点，走出村开车回去。

　　进到餐厅，陶铮语没急着进房间，他在院子里坐了一会儿，拿包饲料喂了会儿锦鲤。红黑白黄的锦鲤，一条一条肥肥胖胖地挤过来，水面乱成一团。喂完锦鲤，陶铮语又抽了根烟，整理了下思路，一会儿他要和古修泉讲清楚。古修泉他熟，有才气，聪明，只要你给他一个想法，他能完成得比你想象的还要漂亮。他对古修泉的能力放心，不放心的是他对这个事儿不上心。毕竟是大公司老板，不可能凡事亲力亲为。他得告诉古修泉，这事儿他要放心上，不能出现偏差。进了房间，古修泉已经到了，让陶铮语意外的是柳侍衣也来了。见陶铮语进来，古修泉连忙站起身，伸出手说，欢迎陶总，好久没见了。陶铮语说，夸张，上个月不是刚见过。古修泉笑了起来说，想你嘛，一日不见如隔三秋，差不多一个月没见，那等于是二三十年了。说完，指着柳侍衣介绍，这是柳侍衣，在铁城不认识小柳，都不敢说是出来混的。柳侍衣和陶铮语握了下手说，陶队好久不见了。古修泉说，你们认识？陶铮语说，认识，多年的老朋友了。你不是说了，在铁城不认识小柳不要出来混了，我还算是出来混的吧？古修泉说，陶总的大名谁不知道，开玩笑。四个人坐下，古修泉说，菜我点好了，陶总看看，有什么喜欢的直接加。陶铮语说，不用了，这个你懂。古修泉指着桌面上的陶罐说，陶总，算你福气好，刚得了好酒，就这一坛。今天我们总量控制，喝完不加。陶铮语说，那估计喝不完，这一坛得有三四斤吧？古修泉说，三斤，还是按以前的喝法，人头减一，四个人三斤刚好。陶铮语说，随你，我是不能喝了。对了，姚林风怎么没来？古修泉说，她有事，再说，她也不是我的人，叫不动。陶铮语说，虚伪。菜上了，喝了几杯酒，陶铮语把事情和古修泉讲了。听完，古修泉说，顾大师的点子吧？陶铮语点了点头。古修泉想了想，这个倒也能搞，宣传上要花点心思。还有一点我得先说明，要想保证评选结果，水军肯定是要请的，评委这块儿你熟，只要你把评委搞定，别的事情我来办。陶铮语说，行，这个没问题。古修泉举起酒杯说，陶总放心，这事儿我会当成我自己的事来办，谢谢陶总关照小弟。陶铮语说，一个小项目，烦恼古总，实在不好意思。古修泉说，咱们说这话就见外了。说话间，柳侍衣过来敬酒，满满一大杯，陶队，这杯酒敬你，身体健康。古修泉在旁边说，什么陶队，叫陶总，陶队都是过去的老皇历了。柳侍衣连连说，对对对，你看我这记性，真是不长脑子，陶总陶总，我先自罚一杯。一仰头把酒喝了，又倒上说，祝陶总生意兴隆，财源广进。陶铮语碰了碰杯说，少喝点。柳侍衣说，我没事。古修泉起哄道，陶总太怜香惜玉了，你还不知道小柳的酒量，那是千杯不醉。酒喝完，四个人都有点醉了，买完单，陶铮语想走。古修泉说，陶总，难得咱们兄弟聚一下，一会儿去小柳那里坐坐。陶铮语看了看柳侍衣说，不去了，不去了，喝醉了。古修泉说，哪里的事，你的酒量我还不知道？我没醉，你怎么可能醉。柳侍衣也说，陶总，几年没见了，你就这么对我？嫌我那儿不好衬不起你的身份？陶铮语说，不是这个意思。柳侍衣说，那就别推辞了，谈完生意，也该谈谈风月了。古修泉说，就是就是。

上了车，柳侍衣和陶铮语坐在后排，古修泉坐副驾，小高开车。柳侍衣脸上红扑扑的，身子歪歪地向陶铮语靠过来。陶铮语挪了下身子，柳侍衣笑了起来说，陶总，怎么这么小气，借个肩膀靠一下也不肯。古修泉在前面笑了起来说，陶总，你这就不解风情了，什么时候见小柳主动的。柳侍衣打了古修泉肩膀一下娇嗔道，要你管。古修泉说，不管不管，你们当我不存在。柳侍衣又靠了过去，这次，陶铮语没让，再让就矫情了。柳侍衣把手放在陶铮语腿上说，陶总，我们这是有几年没见了？陶铮语想了想说，三四年了吧。柳侍衣说，你倒是没怎么变，我老了。陶铮语说，哪里老了，好得很。柳侍衣笑了起来说，你说说，我哪儿好了？陶铮语一时语塞。柳侍衣说，好了，不逗你了。说罢，拉过陶铮语的手放在小腹上说，有点不舒服。很快到了。柳侍衣把一行人领进房间问，喝点什么？古修泉说，刚喝了白的，洋酒喝不下了。陶总，我们喝点红酒怎样？陶铮语说，听古总安排。古修泉对柳侍衣说，小柳，你帮忙拿几瓶红酒，顺便喊几个女孩子过来，一帮大男人喝酒也太寡淡了。陶铮语说，女孩子就算了吧。古修泉说，你有小柳陪着，我们几个怎么办，总不能看着吧？柳侍衣说，陶总想给你省钱呢。古修泉说，你别管他，这点钱我还给得起。一会儿，人多起来，气氛也鲜活起来。陶铮语中途给陶慧玲打了个电话，告诉她可能回来很晚，让她不要等。陶慧玲说，你胃不好，少喝点儿。

　　酒一瓶一瓶喝下去，陶铮语眼前的人影模糊起来。等他睁开眼，发现他躺在床上，房间陌生。他揉了揉脑袋，疼。一看手机，凌晨三点多了。他朝四周看了看，洗手间的灯亮着。陶铮语想，他妈的，又喝大了。他能记得的最后印象是他在洗手间狂吐，心肝五脏都要吐出来了。陶铮语把身子往上挪了挪，柳侍衣从洗手间出来问，醒了？陶铮语说，头疼，困。柳侍衣说，你酒量不如以前了。陶铮语说，一年不如一年。柳侍衣说，你怎么不问我怎么在这儿？陶铮语说，问不问你都在这儿。柳侍衣笑了起来说，你倒是淡定。陶铮语说，你怎么在这儿？柳侍衣说，你喝多了。说完，在陶铮语身边坐下，摸了摸陶铮语的头说，不热，还好。陶铮语问了句，你这几年在干吗？柳侍衣说，老行当，你知道的。又摸了摸陶铮语的脸说，你再睡会儿。陶铮语说，你帮我倒杯水，口干。漱了漱口，喝了两口水，陶铮语躺了下来。柳侍衣脱了衣服，挨着陶铮语躺下来。陶铮语侧了个身，柳侍衣的手搭了过来，顺着陶铮语腹部摸索下去。陶铮语抓住柳侍衣的手，柳侍衣挣脱开，握住了他。陶铮语说了句，侍衣。柳侍衣说，我想。她抓住陶铮语的手按在乳房上，又挪下去贴在下面。陶铮语说，不要了。柳侍衣说，几年前你不肯，还有说法，现在还有什么顾忌的。她的身体向陶铮语压过去，双腿缠住了陶铮语。进入柳侍衣的身体时，陶铮语被柔软的湿热包围，他似乎闻到了巧克力的甜香。

　　隔了个把礼拜，陶铮语电话忙了起来，都是问他房子的事情。先是朋友圈，问他，陶总，你那儿房子怎么卖？陶铮语说，还没开盘，你要有意思，到时我给你打个折。又问，哪个位置最好？陶铮语细细介绍了户型、配套。朋友打断他的话说，陶总，也不跟你兜圈子了，风水最好的是哪个位置？陶铮语说，都是好位置，都是好风水。朋友说，陶总，这样就不好了，我诚心诚意问你，你倒打马虎眼，这么多年兄弟，不合适啊。陶铮语说，哥，你以为我骗你？我卖房子，卖给哪个不是卖，还跟你打什么马虎眼。朋友说，你们这些老板，无奸不商，好房子都给关系户留着，谁不知道嘛。陶铮语说，放心，最好的位置我给你留着。挂了电话，陶铮语有点迷糊，奇怪了，这个盘什么时候热起来了。问的电话多了，陶铮语明白了。他给顾惜持打了个电话说，大师，有没有空，想去拜访下你。顾惜持说，你下午来吧，一起喝喝茶。

　　进了望水斋，陶铮语说，还是坐到大师这里舒服，人像是放空了。顾惜持说，你是把我这儿当疗养院了。陶铮语说，当疗养院不敢，算是朝圣。顾惜持说，还朝圣，你要不要把香火也点上？陶铮语说，那倒不必。说完，从包里拿出个信封，递给顾惜持说，大师，一点意思，见笑了。顾惜持接过信封，打开看了一眼说，你这是什么意思？陶铮语说，前段时间麻烦大师了，要不是大师出主意，我想破脑袋也想不出那么好的点子。顾惜持微微笑了笑。陶铮语接着说，这段时间大师费心了。顾惜持问，怎么讲？陶铮语说，大师是明白人，我也不绕弯子。这些天不少人给我打电话，问房子的事情，他们看中的怕不是楼盘本身，都是因为风水好。顾惜持说，风水确是不错的。陶铮语说，以大师的影响力，大师说不错，那当然不错，有大师做背书，我们做起来也有底气。顾惜持说，不说这个了，一点小事情。陶铮语说，对大师来说举手之劳，对我们来说那是帮了大忙。顾惜持问，项目进行得怎样了？陶铮语说，大师，我有个想法，也没和你交流，你看看怎样。顾惜持喝了口茶。陶铮语说，我想在铁城搞个活动，寻找铁城风水最好的楼盘，沿着主干道铺广告，做活动。具体的要求我和古修泉讲过，应该这段时间会铺开。顾惜持说，想法不错。陶铮语说，这个评选光讲风水还不够，毕竟是个楼盘，楼盘是基础，风水做的是锦上添花的事情。专业的楼盘点评，我找人来做，风水这块儿，想麻烦下大师。顾惜持说，你想怎么做？陶铮语说，既然活动的名字叫寻找铁城风水最好的楼盘，没有一个镇得住场子的人来说话，就显得儿戏了，所以还想请大师出马主持大局。顾惜持想了想说，这个没问题。不过，我一个人终究单薄了，也难免显得有偏袒之嫌。我建议成立个评委会，搞九个人，最后投票表决，程序上好看些。陶铮语说，这个就有劳大师费心了。顾惜持说，客气，我找些朋友过来，你放心。陶铮语拿起茶说，大师，茶也碰一杯，太感谢了。谈完正事，两人坐在天台上闲扯。陶铮语说，大师，前些天我碰到柳侍衣了。顾惜持说，哦，她还好吧？陶铮语说，看着还不错。顾惜持说，你莫去招惹她。陶铮语脸一红。顾惜持说，看你这情况不对。陶铮语说，大师，我没把持住。顾惜持愣了一下说，也罢也罢，该来的总会来，顺其自然吧。陶铮语说，大师，不瞒你说，这段时间我睡不好，那天晚上倒是睡得扎实，醒来都快十二点了。顾惜持说，我建议你还是离远些，别又惹上什么事情，柳侍衣太复杂了，看起来简单，实际上厉害得很。陶铮语说，大师，这个我知道。顾惜持说，好不容易出来，莫又陷进去。

　　和柳侍衣认识那会儿，陶铮语还是个普通警察，刚进公安局不久。和他一起进公安局的同年，有的分到镇区分局，还有的分到派出所，像他一样进市局的仅两个。一个在刑侦大队，一个在经侦大队，业务范围不同，两人交往很少，见面点个头的交情。他喜欢和派出所的同

46

年混，他们在街面上，信息渠道通畅，这对他来说有好处。几个人隔三岔五约着喝个酒，年轻还是好，哪怕头天晚上喝到凌晨两三点，第二天七八点起来，洗个澡，依然精神抖擞的，连个酒气都闻不到。不像现在，醉一次要到下午才能恢复，严重的两三天没精神，头像是有千斤重。年轻人一起喝酒，喜欢呼朋唤友，总能把三五个人的酒局扩大到十几个，在那无休止的嘈杂声中，陶铮语醉了又醒，醒了又醉。酒局中自然有女孩儿，有的一闪即过，有的升级为女朋友、老婆、前妻。柳侍衣是其中一个，和别的女孩不一样，既没有一闪而过，也没有升级，她是大家的女朋友。第一次和柳侍衣喝酒，陶铮语着实惊到了，他没想到有女孩子玩命似的喝酒。她一杯接一杯地把啤酒灌进嘴里，来者不拒，要把大海喝干的样子。喝到后面，陶铮语不忍心了，拿走柳侍衣的杯子说，别喝了。柳侍衣这才看了陶铮语一眼说，干吗？陶铮语说，你喝醉了。柳侍衣稳稳当当地站起来，踮起脚尖说，你看看，我像喝醉了吗？她站了一两分钟，人站得笔直，晃都不晃一下。站完，柳侍衣收起脚尖，移到陶铮语面前说，桌上这么多人，就你心疼我，来，我们喝一杯。

喝到中途，柳侍衣起身上厕所。陶铮语问身边的同年，这女的干吗的，这么能喝？同年说，你不认识？陶铮语说，我怎么会认识，你们身边那么多莺莺燕燕，谁记得。同年说，一会儿我给你介绍。陶铮语说，你还没说她干吗的呢。同年说，怎么，有意思了？陶铮语说，鬼扯。同年说，做小姐的。同年说完，陶铮语笑了起来说，你们可真会玩儿。同年说，虽说是做小姐的，她跟别人不一样。陶铮语问，怎么不一样了？同年说，别的小姐和我们搞关系，是怕我们，想我们提供方便。她倒好，经常和我们玩到一块儿，从来不问这些事情。我们倒过意不去了，给她放风，她不躲不闪，不知道似的。陶铮语说，不是吧，脑子有问题？同年说，狗屎，人家脑子好得很，铁城头牌。陶铮语说，这我就想不通了。同年说，我抓了她两回了。正说着，柳侍衣回来了，见陶铮语和同年勾头接耳的，笑眯眯问了句，又在说我什么坏话呢？同年说，我哪儿舍得说你坏话，给你介绍下，陶铮语，我同年，在市局刑侦大队。柳侍衣给陶铮语满上酒说，怪不得一身正气，原来是市局的领导。陶铮语隐隐听出讽刺的意思，和柳侍衣碰了下杯说，那也没你大牌。柳侍衣笑了起来说，也是，谁不知道我是头牌，打出来那是王炸。柳侍衣说完，陶铮语难为情了，话说重了。

热热闹闹玩到两三点，要散了。柳侍衣对陶铮语说，陶警官，麻烦你送我下好不好，我一个人回去怕。听到这话，同年挤眉弄眼地对陶铮语说，小陶，送就送嘛，顺便喝杯茶醒醒酒。两人打了台车，到了小区门口。这个小区陶铮语认得，铁城最早的封闭小区，里面还有所小学，当年算得上高尚小区，如今破败了，住的多是外来打工的，还有不少像柳侍衣一样的小姐。柳侍衣下车了，站在车门口望着陶铮语。陶铮语下车了。柳侍衣说，你陪我走一会儿吧。她的手挽过来，除开酒气，跟着一起过来的还有香水味，淡，从脖子上渗出来。陶铮语看了看柳侍衣，她安静下来，好看。以前，有个和柳侍衣一样的女孩，胳膊上留有种水痘的疤痕，她喜欢咀嚼青草，说是青草里有世上最好的香味。那年，陶铮语八岁。那个女孩长大后应该是柳侍衣现在的样子。到了柳侍衣楼下，柳侍衣松开手，对陶铮语说，我要上去了。陶铮语说，好的，早点睡。柳侍衣歪着头，看着陶铮语说，你不上去喝杯茶？陶铮语说，喝了一晚上的酒，涨得很。柳侍衣说，那上去尿个尿吧。陶铮语笑了起来，我还是第一次听说约人上去尿尿的。柳侍衣说，总会有很多第一次，去吗？陶铮语说，算了，我一会儿路边随便找个地方尿。柳侍衣摸了下陶铮语的脸说，你怕我要睡你？陶铮语说，我有什么好怕的。柳侍衣说，你知不知道睡我一次多少钱？你一个月工资也睡不了几回。陶铮语说，头牌嘛。柳侍衣问，真不上去喝杯茶？陶铮语说，不了，你赶紧回去睡，天都快亮了。柳侍衣拿出手机说，给我留个电话吧，好找你玩儿。记下电话，柳侍衣说，走了，你也早点睡。陶铮语出了小区，上了的士。手机震动了下，陶铮语拿出来一看，上面写着一行字：后悔吗？还来得及。陶铮语笑着回了四个字"后悔，算了"。

交代古修泉的事，陶铮语放心了。古修泉是个聪明人，这个单整体预算下来，不小。再加上楼盘的后期宣传，甚至说得上大。他担心别的事，人为的都好说，非人力所能为的要看老天爷的意思。陶铮语托了林业局的朋友留意，也拜托了搞花木的朋友。大半个月下来，没点儿音讯。他去看过一次，那是在山上。朋友说，这棵树应该是铁城最大的了。站在树下，陶铮语犹豫了，倒不是树不大，挺大的，可树形长得一般。他理想是的树种是银杏，树形好看，叶子好看。一到秋冬，叶子黄了，风一吹，飘飘洒洒，道骨仙风的味道，还夹杂着浪漫。桂林乡下某个村子，有几棵巨大的银杏，人站在下面，再胖也显得瘦了。打不了那棵树的主意，地方保护了，村子要搞开发，主要靠那棵树唱戏。陶铮语有点着急，别的事儿都做了，缺这一块儿可惜了。

有天，陶铮语和小高在办公室聊策划案，古修泉的方案做好了，需要他确定到底在哪几条路做广告牌。确定了线路，陶铮语点了根烟说，万事俱备，就缺棵风水树了。小高犹豫了下，似乎想说什么。陶铮语对小高说，小高，你怎么回事？这些天总感觉你有话说，别吞吞吐吐的。小高说，我？我没事。陶铮语说，你少扯这些虚头巴脑的，有话直说。小高说，陶总，老实说，我不想说。陶铮语说，那是真有事了。小高想了想说，陶总，不瞒你说，我知道哪儿有棵树，可我不想跟你说。小高说完，陶铮语要跳起来了，他想骂人。他满世界的找树，小高知道，却不跟他说，这是什么意思。陶铮语压住火气说，小高，你怎么回事？这几年我对你怎样，你心里应该有数，我让你帮忙找树，你倒好，找到了也不告诉我。小高说，陶总，我一直在找，问了很多朋友，你着急我也着急。陶铮语说，那你告诉我，你说的那棵树是怎么回事？小高说，要是你找到合适的了，我就不说了。陶铮语说，没合适的，你说。小高从陶铮语烟盒里拿了根烟点上说，我们村有一棵。陶铮语直勾勾地看着小高。小高弹了下烟灰说，我们村口有棵，几百年的风水树了。小高说完，陶铮语明白了。他问小高，有照片吗？小高拿出手机，翻了翻，递给陶铮语。一看到照片，陶铮语的呼吸紧了。这就是他想要的树，虽然不是银杏，是棵樟树，树冠巍峨，枝繁叶茂，树形直挺，伞一样铺开。把手机还给小高，陶铮语问，这树有多大？小高说，具体多大我也说不清楚，围起来要四五个人，我是没见更大的。陶铮语说，这样，那我们过去看看？小高说，陶总。陶铮语说，我知道你的心思，放心，我不会让你们村里人吃亏。说罢，陶铮语对小高说，你去准备下，我让办公室订机票，下午走。

　　飞机，转火车，又是汽车，到小高家里已是深夜十点。在火车上，小高脸色不太好看，阴阴沉沉的。陶铮语找了个话题，小高，你大学毕业几年了？小高说，五年。陶铮语问，买了房子没？小高说，还没有。陶铮语说，赶紧买吧，铁城的房子只会越来越贵。虽然经常有人唱衰楼市，我告诉你那都是穷人的美好幻想，在铁城是不可能的。小高说，我也想买，没钱。陶铮语说，没钱可以想办法，拖得越久越吃亏，赚的钱跟不上涨幅，多少年都白干了。小高说，道理我都明白，我又不能去抢。下了火车，陶铮语对小高说，到你家还有多远？小高说，还有三个半小时的汽车。陶铮语问，有地方住吗？小高说，只能住家里，没酒店，我给我爸妈打了电话，让他们收拾下。陶铮语说，那麻烦了。到了小高家里，放下行李，酒菜摆了上来。陶铮语说，酒就不喝了。小高说，陶总，喝点吧，我们这儿风俗，哪有贵客上门不喝酒的。小高父母黑瘦，老实巴交的样子。高父给陶铮语倒了满满一玻璃杯酒说，陶总，你到我家里来，是看得起我们，这个酒要喝，别的话我也不会说。小高拿起杯子和陶铮语碰了碰说，陶总，敬你。陶铮语和高父高母碰了碰杯说，叔叔阿姨，真是麻烦了，这么晚还要麻烦二老。高父说，客气什么，就当是自己家里。喝完酒，陶铮语洗了个脸，进了房间。他和小高睡一个房间，快十二点了。陶铮语对小高说，你们这儿经济好像不太好。小高笑了起来，什么不太好，穷乡僻壤的，谈什么经济，吃口饱饭就不错了。陶铮语说，那你爸妈供你上大学不容易。小高说，为了供我一个，哥哥姐姐早早外出打工，我爸妈每年养几头猪，肉没吃几口。陶铮语说，不容易。小高喝了七八两，平时在公司，他很少喝酒。和陶铮语一起外出，如果不开车，也是点到即止，他没想到小高酒量这么好。小高起身准备关灯，陶铮语说，小高，赶紧买个房子吧，不够你跟我说。小高说，谢谢陶总。说完，关了灯。一会儿，他听到小高的鼾声。陶铮语睡不着，太安静了，一点声音都没有。他坐起身，打开窗子，满天的星斗，似乎触手可及。他有二十几年没看过这么繁密的星空了。远处一团模模糊糊的黑影，像是一片乌云。他想抽根烟，给陶慧玲打个电话。陶慧玲老家，也没有这么摄人心魄的星空了。

　　天亮，吃过早餐，高父高母出门了，要去镇上割肉。陶铮语说，我们去看看树吧。小高说，出门就是，昨晚黑了，看不清。出门，小高指着远处说，那儿。陶铮语顺着小高指的方向望去，一棵巨大的树站在村口，他昨晚看到的那片乌云。陶铮语点了根烟，递给小高一根说，真是漂亮。小高说，是漂亮，从小看着，好像没长。陶铮语说，几百年的古树，你才多大，还能看得出长没长？抽了口烟，陶铮语说，小高，要是我真把这棵树请走，你怎么想？小高说，心情很复杂，一直没告诉你，也是这个原因。虽然我长期不在家，要是神树真没了，也感觉不对劲。陶铮语说，你刚才说神树？小高说，村里人都这么叫，树下还有人敬香火。陶铮语说，有什么故事？小高说，具体我讲不上来，反正都说能预吉凶。听我爸讲，要是神树断枝，村里有灾；新枝繁茂，添丁进财。陶铮语问，还有呢？小高说，说法多得很，神乎其神的。你过去看看就知道了，有人敬香火，树上还挂了好些神符。两人走到树下，陶铮语围着神树走了一圈，摸了摸树干，粗糙爬满苔藓。他抬头望着树冠，树并不高，绿荫浓密，枝干疏密得体。树枝上挂满了黄色、红色的神符，想来是扔上去的。离神树五六米处，摆了神龛，烧完的香烛剩下残留的尾部，地上还有纸灰的痕迹。小高正在摆香烛，陶铮语走过去，插上香，拿出打火机，把香烛点上，又烧了纸。完毕，陶铮语站在树下说，真是棵好树，我长这么大，没见过这么大的树，还长得这么漂亮。小高说，我小时候常在这儿打鸟。陶铮语问，能打着吗？小高说，偶尔吧，小孩子调皮。陶铮语靠在神树上说，我也不知道说什么好了，往这儿一站，我整个人像是静下来了。陶铮语掏出手机，拍了几张照片，局部的，树太大了，拍不全。往回走的路上，陶铮语又拍了几张全景。他把照片发给了顾惜持。过了一会儿，顾惜持发回来两个字，好树。他又把图发给古修泉，古修泉问，在哪儿？陶铮语说了，古修泉说，陶总，慎重，成本不说，风险太大。

回到铁城，晚饭时间过了，陶铮语和小高在公司楼下潦草吃了点东西。陶铮语对小高说，你早点回去，有事情明天到办公室谈。小高问，我送你回去？陶铮语说，不用了，我还有点事情要处理，你不用管我。等小高走了，陶铮语去办公室坐了一会儿。等到十一点，他给柳侍衣打了个电话问，忙不？柳侍衣说，算你打得凑巧，今天休息，累了。陶铮语说，我想见你。柳侍衣笑了起来说，陶总，不对啊，你怎么会想我了？陶铮语说，我来接你。柳侍衣说，谁让你来接我了，我同意了吗？陶铮语说，别闹，我来接你。柳侍衣说，那你求我。陶铮语说，求你了，我想你。柳侍衣说，这还差不多。从公司楼下到柳侍衣住的小区不到二十分钟的路程。开到柳侍衣楼下，陶铮语对柳侍衣说，我到了。柳侍衣说，你等等，我很快下来。陶铮语按下车窗，抽了根烟。等抽完烟，陶铮语给陶慧玲发了条信息，我明天回来。陶慧玲回，注意安全。陶铮语揉了揉脸，肌肉紧张，他得揉一揉，像揉面一样，让它松弛下来，具有丰富活络的表情。等了十几分钟，柳侍衣下来了，她穿的裙子，小碎花的连衣裙，头发扎了起来。上了车，陶铮语看了看柳侍衣说，化妆了？柳侍衣说，见你我还要化妆？你想多了吧。她脸色红润，修饰过的，身上的香水味缓缓渗透过来，千丝万缕。陶铮语说，那倒不必，我又不是什么大人物。柳侍衣扣上安全带说，陶总怎么忽然想起我来了？陶铮语说，刚从外地回来，想和你聊聊。柳侍衣说，这么晚了，不怕我把你拐跑了？陶铮语笑了起来说，你这是忘记我以前干吗的吧？柳侍衣转过脸说，不敢忘，也忘不了。

　　车开出城区，开往郊外，顺着盘山公路开往山顶。这个地方以前陶铮语带柳侍衣来过，好些年前的事情了。那会儿，陶铮语还没结婚，山顶的路还没有通。把车停在山顶停车场，陶铮语说，你陪我走走吧。午夜的山顶寂静无人，关掉车灯，四周一片黑暗，风声呜咽。柳侍衣挽住陶铮语的手臂说，半夜三更的带我来这儿，你没安什么好心吧。陶铮语说，好像也没见你害怕。柳侍衣说，我应该害怕吗？我有什么好怕的。顺着停车场，爬过一条短短的山坡，他们到了山顶。一到山顶，视野开阔起来，铁城灯火盛大，车如蝼蚁。陶铮语转过身，看着柳侍衣，柳侍衣的头低了下来。陶铮语张开双手，把柳侍衣抱在怀里。他的手按住柳侍衣的屁股，又往上搂紧她的腰。陶铮语一只手托起柳侍衣的脸，狗一样舔着柳侍衣，紧接着抓住了柳侍衣的乳房。柳侍衣从陶铮语怀里挣脱出来说，你别，我有点不适应。陶铮语急切地说，我想。柳侍衣说，不要。陶铮语说，我不管。柳侍衣说，我告你强奸。陶铮语说，你告去。说罢，拉过柳侍衣，撩起柳侍衣的裙子，扯下内裤，慌慌张张地进入柳侍衣。完了，柳侍衣说，你是个坏人。陶铮语说，我记得第一次见面，你问我后悔不。我告诉你后悔，真后悔。这么多年过去了，我一直后悔。柳侍衣说，你后悔什么？陶铮语说，后悔我假正经。柳侍衣摸了摸陶铮语的脸说，这会儿你倒不假正经了，流氓似的。陶铮语摸着柳侍衣的腿说，上次从酒店出来，我知道我再也没办法假正经了。柳侍衣说，那就再不正经点儿。她拉开陶铮语的拉链，把头低下去。回到车上，柳侍衣说，我肯定疯了。陶铮语理了理柳侍衣的头发说，那也是我疯了。柳侍衣问，你怕不怕？陶铮语说，怕。柳侍衣说，怕你还来。陶铮语说，我不想再后悔了。他俯过身，亲了下柳侍衣的嘴唇说，我对不起你。柳侍衣说，过去的事情，不说了。陶铮语说，我做那么多年警察，把十八人送上刑场，最想抓的那个却没有抓到。柳侍衣说，这大概是命吧，人抗不过命。陶铮语说，我经常做梦，梦到满手的血。不做警察，也是害怕。柳侍衣说，你现在挺好，别瞎想。陶铮语说，我不想回去。

到柳侍衣家里，恰好凌晨三点，两人都饿了。柳侍衣煮了碗面，加了鸡蛋和火腿肠。吃完面，柳侍衣对陶铮语说，你洗个澡睡会儿，明天还要上班。陶铮语洗完澡，光着身子出来说，我不想睡，睡不着。柳侍衣说，那我陪你聊天。靠在床上，陶铮语说，侍衣，我有种预感，我们俩会出事儿。柳侍衣说，管它什么事儿，好不好我都认了。柳侍衣依在陶铮语身上，摸着他的腹部说，能和你在一块儿，他妈的什么狗屁命我都认了。陶铮语脱掉柳侍衣的睡衣，把头埋在柳侍衣的两腿之间说，我梦了它这么多年，终于可以看清它了。柳侍衣张开双腿，摸着陶铮语的头发说，那你好好看清，永远也别忘了。陶铮语闻到了巧克力般的香味，看到巧克力般的色泽，他想一口一口地吮吸它，让它融化在嘴里。

陶铮语起床时，柳侍衣还睡着，头发蓬松。她踢了被子，斜斜地一块儿搭在腹部，大腿和乳房露了出来。陶铮语拉开窗帘，阳光照进来，柳侍衣肉体的一部分似乎在明亮的光线中消失了，另一部分多了明暗的色彩。草草洗了把脸，陶铮语给柳侍衣盖上被单，想走。柳侍衣突然睁开眼说，这么早起来了？陶铮语说，要上班。柳侍衣说，就这么走了？陶铮语俯下身说，那你还想要什么？柳侍衣说，你又不是不知道我做什么的。陶铮语放在柳侍衣乳房上的手抖了一下。柳侍衣笑了起来，伸手抱住陶铮语说，傻瓜，逗你玩的，亲亲我。临出门，柳侍衣喊了句，你后悔了吗？陶铮语说，不后悔。那你还来吗？说不好。柳侍衣从床上站起来说，那你好好看清我。柳侍衣身上放出光来，一道一道刺着陶铮语的眼。在他的想象中，只有天使身上才能散发出如此迷人的光。

办公室让人重返人间。从柳侍衣家通往办公室的路，修长狭窄，和铁城其他的路一样让人惆怅。这是一个恋爱的季节，孤独的人是可耻的。张楚的歌声清澈、悲伤，他想起那张孩子般的脸，有着一样的神圣光芒。你还年轻，他们老了，你想表现自己吧；你还新鲜，他们熟了，你担忧你的童贞吧。十几年过去，一切都变了。他们不再年轻，他们老了，早就没有童贞好担忧。车内回旋着张楚的歌声，陶铮语想起前段看到的报道，画面上张楚的脸刻满沟壑，光芒已尽，全是心疼。第一次听张楚的歌，他还在恋爱，和一个来自乌鲁木齐的女孩，她有双阿拉木汗一样的眼睛。她是纯粹的汉人，父亲年轻时入疆，娶了她母亲。陶铮语总在猜想，她有新疆血统。他能记得的只有她那双眼睛，那么大。前两年，张楚到铁城演出，陶铮语买了票，他想看看张楚的样子。下班后，陶铮语特意换了身衣服，显得年轻些。他翻出张楚的CD。听完，他进了房间，一个晚上没有出来。

陶铮语泡了杯茶。喝完茶，他给小高打了个电话，让小高过来。神树的事情陶铮语和小高聊了很多，他说得够清楚了，小高有点犹豫。等小高进来，陶铮语给小高倒了杯茶，又发了根烟说，小高，你怎么想的？小高说，陶总，树是好树，我有点担心，万一出了什么问题，我担不起。陶铮语说，会出什么问题？小高说，万一死了呢？陶铮语说，这个问题我想过，请神树时带铁城最好的专家过去，确保万无一失。小高抽了口烟。陶铮语接着说，我知道你担心什么。其实，我这么说吧，如果我们把神树请过来，让更多的人看到，也不见得是件坏事。村里人的想法，我能理解，别的我做不了，钱的问题尽力。小高说，也是我想多了。陶铮语说，小高，这样，我做五十万的预算，你去谈。能谈到多少是多少，有多的当奖金发给你。等小高出了办公室，陶铮语略略算了下，全村不足百人，五十万按人头分，人均五千多，这个诱惑够大了。不要说是小高老家，放在任何一个村落，这个价码都不低了，又不是拆房卖地，不过一棵树罢了。陶铮语拿出手机，重新细细看了一遍照片，真是棵好树。五十万，半套房子的价格，这个交易太划算了。至于运输，应该不是什么大问题，办法总是人想的。

打发走小高，陶铮语给顾惜持打了个电话，问他下午有没有空。顾惜持说，我山野闲人一个，不像你，没日没夜的。陶铮语说，大师取笑了，怕你忙，先叫个号。顾惜持说，你来，我清场。给顾惜持打完电话，陶铮语又给古修泉打了个电话，约他去望水斋。古修泉笑着说，你是不是故意的，刚有朋友给我送了一筐螃蟹，还没放稳，你电话就来了。陶铮语说，谁稀罕你那几只螃蟹，小气成什么样了。古修泉说，那可不一定，正宗的阳澄湖大闸蟹，和你平时吃的洗澡蟹完全不一回事儿。挂掉电话，陶铮语上了个厕所，洗了把脸，昨晚睡了四个小时，他脸上像是涂了一层泥，紧绷绷的不舒服。他的下体消失了一般，欲望满足之后，它进入漫长而黑暗的沉睡。如果不是看到它，陶铮语甚至会怀疑它的存在。它时常提醒着他，坚硬地咬他，发怒的野兽一般驱赶着他，它从下往上钻进他的大脑，他的神经，让他急迫不安。它终于睡了，睡得那么沉，陶铮语心里的杂念随之破碎，整个人像是安静下来。可怕又可耻，堕落又快乐的欲望，它肯定是个疯子。站在镜子面前，陶铮语觉得此刻的他像一个没有性别的人，没有欲望，充满理智。

　　到望水斋坐下，顾惜持站在书案前，手里提着毛笔，一筹莫展的样子。他指着纸问陶铮语，小陶，你觉得这字怎样？陶铮语起身，看了几眼说，大师，这个你就别为难我了，你又不是不知道我的出身，做警察的，大老粗一个。顾惜持放下笔说，几个字越来越难写了。陶铮语说，大师要求太高了，不像我们，能认出字形就成。顾惜持在茶桌边坐下说，辱没了你的笔，这么好的笔，写这几个烂字。室内点了香，绵软稠密的一团，陶铮语看到墙角挂了鸟笼，养的画眉。眼角白白的拉出一条线，真如画过一般。顾惜持端了一碟山核桃过来，冲了泡新茶。陶铮语拿出手机对顾惜持说，大师看过树了？顾惜持说，看了，好树。说罢，又补了句，人我找好了，放心。陶铮语说，麻烦大师了。顾惜持说，都是些小事，不足挂齿。陶铮语说，对大师来说是小事，对我来说那是天大的事。顾惜持摆摆手说，不说这个了，有件事情我想问你。陶铮语说，大师客气，有什么事儿你说。顾惜持说，前段时间你给我讲过虐杀女童案，案子现在怎样？陶铮语说，没什么线索，至少我辞职那会儿还是个无头案。大师怎么想起这件事了？顾惜持说，你给我讲过之后，我心里一直放不下，也算是理解你的心境了。陶铮语说，我辞职倒不是因为这个案子，给大师讲过的，总觉得手上有不少人命，那些人虽然大凶大恶，到底还是人命。顾惜持说，难得你慈悲心。陶铮语说，大师，这个你怕是理解不了。顾惜持说，好了，不说这个了。古修泉应该快到了吧？陶铮语看了看表说，跟他约的四点，快了。

正说话间，门外有响动。顾惜持朝门口看了一眼说，真是说曹操，曹操就到。顾惜持站起身，往院子里走。陶铮语跟着站起来，理了理衣服。车一停稳，古修泉从车上下来，又见姚林风从副驾探出头。古修泉打开车尾箱，搬出一筐螃蟹说，陶总，是哪个说我小气的，今晚是不是不吃了？陶铮语笑了起来说，哪个稀罕你几个破螃蟹。古修泉用手指点了点陶铮语说，这会儿你嘴巴硬，一会儿看你嘴巴还硬不硬。他把螃蟹搬进院子。顾惜持喊，老陈，过来搬下螃蟹。古修泉掏出纸巾擦了擦手说，大师这儿今天人少啊。顾惜持说，知道你们两个要来，清场。古修泉拍了拍陶铮语的肩膀说，这怕是陶总的面子吧。陶铮语转过头对姚林风说，你想多了，要说面子那也是林风的面子。姚林风笑起来，陶总鬼扯，大师都不知道我要来。陶铮语说，你看哪个鬼扯，古总和你从来都是公不离婆，秤不离砣，这个场合怎么可能少得了你。姚林风打了下陶铮语的肩膀，哪个和他公不离婆了，不要脸。姚林风盘了头发，脖子细细嫩嫩地露出来，她下巴尖翘，鹅蛋脸，柳叶眉。裙子扎了起来，腰显得更细了。顾惜持说，你们先坐会儿，我让老陈出去买点菜，晚点就这儿吃饭，不换地方了。古修泉拍了下脑袋说，你看我这脑子，忘了买菜上来。顾惜持进了屋，他们三人在院子里坐下。刚喝了杯茶，还没开始聊，姚林风站起来说，我到里面玩儿，不爱听你们整天生意生意的。陶铮语说，也好，省得你觉得无趣。姚林风摇摇摆摆往屋里走，古修泉扭过头看着。等姚林风进了屋，陶铮语笑起来，古总这是怎么看都不够啊。古修泉敲了敲桌面说，你懂个屁，这叫爱情。陶铮语说，那你给我讲讲，什么叫爱情。古修泉想了想说，咱们兄弟说得粗俗点儿，什么叫爱情？爱情就是怎么×都不够，×了还想×，×了还想×。陶铮语说，古总，你一个文化人，怎么说得像个流氓似的。古修泉说，爱情嘛，不就是互相耍流氓，怎么耍都不够。陶铮语一下子想到了柳侍衣，他很早就想×她。古修泉问，你和小柳怎样了？陶铮语说，还好。古修泉说，什么叫还好？陶铮语说，不谈这个了，说说方案。古修泉说，陶总，你不厚道啊。陶铮语说，我怎么不厚道了，少给你了一分钱？古修泉说，你知道我说的不是这个事情。

谈好方案，敲定细节，天色暗了。姚林风在里面喊，你们两个谈完没，还吃不吃饭了？陶铮语和古修泉走进屋里，桌上摆了碗筷，还有一坛黄酒。顾惜持坐下来说，阳澄湖的螃蟹，不配黄酒可惜了。古修泉说，大师心细，刚才我还在想喝什么。顾惜持说，铁城想买到好黄酒还真不容易，我特意让老陈去专卖店买的，正宗的绍兴会稽山。把酒倒上，老陈端了螃蟹上来。古修泉说，老陈，别忙了，一起喝点儿。老陈放下碟子说，你们先吃着，厨房还有菜要搞。古修泉举起杯子说，大师，陶总，一起喝一杯，为了这螃蟹。喝完酒，陶铮语伸手拿螃蟹，古修泉"咦"了一声，陶总怎么也吃我这破螃蟹了？陶铮语剥开蟹壳，对姚林风说，林风，你怎么看上这种男人，小气得成什么样子了，我说了两句话，记仇记到现在。姚林风倒了杯酒，举到陶铮语面前说，陶总，这就是你不对了，我们修泉哪儿小气了，得了筐螃蟹，首先想到的是你，我他都没说。古修泉搂住姚林风的腰，在她屁股上拍了拍说，还是自己的人好啊，疼人。陶铮语指着古修泉的手说，你把手放好。姚林风笑了起来说，哟，陶总这是怎么了，羡慕？要不要我打电话叫小柳上来。陶铮语喝完酒说，鬼扯。顾惜持见状说，你们几个见面就斗嘴，还要不要喝酒了？姚林风说，大师，他们俩是相爱相杀，我顶多算是个帮腔的。

把一坛黄酒喝完，古修泉想去车上拿酒，顾惜持说，好了，别喝了，一会儿你们还得回去，喝杯茶去。茶喝了两道，顾惜持想起什么一样说，我给你们写幅字吧，小陶前段时间送了我几支笔，笔是好笔，落在我手上糟蹋了。陶铮语说，大师谦虚了。顾惜持走到书案前，铺好纸，姚林风拿镇纸压好，三人围在书案旁，看着顾惜持。顾惜持舔了点墨，问陶铮语，小陶，你想写什么？

陶铮语说，大师随意，写什么我都是喜欢的。顾惜持想了想，提笔写了"放下是福"。字写完，古修泉竖起大拇指说，好字，好字。顾惜持放下笔说，小陶，你听过一个故事吧？陶铮语问，什么故事？顾惜持说，两个和尚过河，恰好有一妇人在旁，老和尚把妇人背过河。小和尚左思右想，总觉得不对，出家人触碰女子，是不是犯了色戒？他纠结了半天，还是和老和尚讲了，老和尚说，你看，我早已放下了，你却还没有放下。大概是这个意思，具体我不太记得了。顾惜持说完，古修泉坏笑着对陶铮语说，陶总，大师这是语重心长啊，你要放下。陶铮语拿起字，挪到一边说，大师，我懂了。又把纸铺上，古修泉说，这次该写我的了。顾惜持说，你想要什么字？古修泉说，大师方便的话，帮我写个"厚德载物"，我要裱起来挂办公室里。古修泉说完，陶铮语笑了，你怎么不写"上善若水"呢？古修泉说，陶总，你什么意思嘛？陶铮语说，烂了大街了，没想到古总还喜欢这两句。古修泉说，陶总，这你就不懂了，我是做什么的？我做广告，我不怕烂大街，就怕连巷子都出不了。我做广告不是做给我自己看，我喜欢不喜欢不重要，客户喜欢，受众喜欢就好了。陶铮语说，我不过随口说一句，你还当真了。古修泉说，原则的事情不能不认真。顾惜持拿起笔说，好了，好了，你们两个别争了，让我想想。稍加思索，顾惜持写了"且减肥去"。看到字，陶铮语笑出声来。古修泉胖，圆滚滚的，陶铮语没想到顾惜持会写这四个字。古修泉看着四个字，眉头簇成一团，又松弛开来说，大师有深意。顾惜持说，哪有什么深意，随手写去。古修泉说，大师谦虚了，我古修泉虽然是个生意人，书还是读过几句。大师这句话乃是从赵州禅师"且吃茶去"演化而来，大师这是在点化我啊。顾惜持说，你说说看。古修泉说，世人多说"且吃茶去"，大师却要我"且减肥去"，这是要我内外兼修，做减法，取其核要。古修泉说完，陶铮语说，古总果然是有文化的人，佩服佩服。给陶铮语、古修泉写完，顾惜持想去喝茶，姚林风铺了纸说，大师，你可不能偏心，给他俩都写了，我也要。顾惜持说，你和修泉有一幅可以了。姚林风说，那可不行，他胖是他的事，我可不胖。说罢，扭了下腰，大师，你看我这身材，还要减肥么？顾惜持说，那倒不必。走到案前，顾惜持说，我给你写个"如花似玉"吧。姚林风"哈哈"笑了起来，大师真是越来越幽默了，你怎么不写"美若天仙"呢？顾惜持说，你要写也可以。

姚林风说，大师说笑了，我真心想请大师一幅字，也沾点仙气。顾惜持提笔沉思片刻，写了个"红"字，收起笔问，你们猜，接下来写什么？陶铮语说，这几个人就我没文化，别问我。古修泉说，该不是"红袖添香"吧？大师笑而不语。姚林风说，大师，我猜到了。顾惜持问，你猜到什么了？姚林风说，大师大概是想写"红颜祸水"吧。古修泉脸色一变。顾惜持笑着对古修泉说，没想到小姚很会开玩笑，有趣有趣。姚林风说，这句话也不是我说的，从古到今不都这么说，红颜祸水，红颜祸水。你们男人的黑锅，都让我们女人给背了。顾惜持说，不逗你们了。说完，又加了个"肥"字。陶铮语说，见到"肥"字，我知道了，原来是李清照的"红肥绿瘦"。林风，大师这是在夸你啊。姚林风说，怎么讲，我怎么没看出来？陶铮语说，林风，"林"字，林不是绿的么？大师在夸你身材好。姚林风笑笑说，大师这也藏得太深了。顾惜持也笑了说，你这算不算过度解读？说罢，添上"绿瘦"二字。写完，四个人欢欢喜喜坐下，又喝了泡茶。等墨干了，顾惜持盖上章，一一收起。

从望水斋出来，陶铮语和古修泉站在门外抽了根烟。夜风阵阵，又喝过茶，酒也不多。姚林风斜跨着古修泉的胳膊，吹着古修泉吐出的烟雾。陶铮语说，古总，宣传的事就拜托你了。古修泉说，放心，陶总交代的事情，小弟哪件没有办好？陶铮语说，不是不放心，事关重大，和以前不太一样，以前做营销还算有理有据，这个项目几乎是无中生有，怎么生出来，怎么合理，都得小心。古修泉说，这个我懂，能做的我会尽力。抽完烟，把烟头掐灭，古修泉问，陶总，你真打算把那棵树运过来？陶铮语说，有问题吗？古修泉说，我是觉得太周折了，风险也大，树倒真是棵好树。陶铮语说，我就问你，做卖点行不行？古修泉说，吸引眼球肯定没问题，铁城人好热闹，也没什么见识。前段时间不是有个蝴蝶展吗，我去了下，人山人海，那几只蝴蝶，见不得人。陶铮语说，那就好。古修泉说，做文化爆点这块儿我来，你放心。陶铮语说，有你这句话，我就放心了。古修泉说，我们还是要做个预案。陶铮语说，什么预案？古修泉说，陶总，你真不担心树死了吗？这么长途折腾，而且，伤筋动骨的。陶铮语抽了口烟说，说实话，有点担心。古修泉说，这就对了，所以要有个预案。陶铮语说，你有什么想法？古修泉说，想法倒是真有一个，不过我现在不能说，说了不吉利。陶铮语说，我们两兄弟还有什么介意的。古修泉说，还是不说了，万一真有什么事，我们再商量，我先藏心里。陶铮语说，你这就不厚道了。古修泉说，不是我不厚道，鲁迅不是讲过一个故事吗？人家孩子满月，你跑去说句，哎哟，这孩子以后要死。人都要死，说的也是大实话，可讨人嫌。陶铮语说，你给个提示。古修泉说，不给。说完，对姚林风说，我们回吧。陶铮语急了说，古总，你别这样。古修泉说，这么晚了，你就别再耽误我们俩了，好吗？古修泉上了车，姚林风和陶铮语招了招手，也上了车。等他们俩走了，陶铮语也上了车，骂了句，×他妈的古修泉。

　　声势拉得壮大，陶铮语开车上班特意兜了圈子，满大街"寻找铁城风水最好的楼盘"广告，一张一张排开去。除开街上，网络上的房产频道和视频节目也展开了讨论。话题从风水讲起，有过渡有转折，起承转合做得极有分寸。顾惜持的评委班子组好了，除开顾惜持本人，他还请了香港、台湾和马来西亚的风水大师，头衔都极大，动辄全球风水师联合会会长、世界华人风水研究会会长之类的。陶铮语对古修泉和顾惜持放心，这两个人做事的风格他知道，不做尽做绝他们不会罢休的。他担心的是小高，怕小高那边有个什么闪失。从小高家回来，

72

陶铮语盯得紧，小高的状态似乎有点游离，和他说起也是若即若离的样子。到了办公室，陶铮语叫小高进来。等小高坐下，陶铮语说，小高，你看到街上的广告没？小高说，看到了。陶铮语说，宣传一旦全面铺开，意味着费用已经投入了，评选结果应该说尽在掌握之中，这一仗我们只能赢不能输，没有退路。小高说，陶总，我明白的，我安排好了。陶铮语说，神树的事情进展到哪步了？我们不能等了。小高说，陶总，不瞒你说，神树谈下来了，就等签合同。陶铮语说，谈下来了赶紧签，别等，动作要快。小高说，费用要您确认一下，有点高。陶铮语说，怎么，不够？小高说，够，够了。陶铮语问，多少？小高说，五十万。陶铮语愣了下说，五十万，这么准？小高说，你说过的，五十万的预算。陶铮语明白了，他对小高说，你马上回去签合同，我让工程部联系请神树的事情，别的你别管了。等小高出了办公室，陶铮语点了根烟，五十万，合同数，这意味着小高一分钱没拿，他把预算里所有的钱全用上了。他想起了小高站在神树下的神情，他能够做到的可能也就这些了。他有点心疼小高。

等小高从老家发回信息，告诉陶铮语合同签了是两天后的事情，甲方一栏密密麻麻几十个名字。陶铮语看完信息，立即通知了工程部。通知完，又给古修泉打了个电话，问古修泉有没有兴趣和他一起去看看。古修泉问，什么时候？陶铮语说，明天。古修泉说，这么急？陶铮语说，不能等了，宣传这块儿都铺开了。古修泉说，那好，我安排下时间。两个人下了飞机，转道，到了小高家里。见陶铮语和古修泉来了，村里人都来看热闹，屋里满满当当的。小高把一个黑瘦的中年人领到陶铮语面前说，陶总，这是我们村长，多亏他帮忙。陶铮语连忙伸出手说，多谢村长，多谢，实在是太麻烦你了。村长和陶铮语握了手说，陶总客气了，说实话，也是子孙们不争气，要不也不至于连神树都要卖了。陶铮语说，村长放心，我们这次把神树请回去，一定善待，万物有灵，神树还是你们的神树，只是换了个地方，铁城阳光雨水好，亏不了神树。村长说，陶总，这两天村里想做个仪式，也算是给神树送行，你看怎样？陶铮语想了想，算了下时间，等工程部安排好人过来，估计也是两三天后的事情了。他说，应该的，应该的，我们听村长安排。村长说，多谢陶总理解，都是树下长大的，这一送走，一辈子怕是见不到了。说罢，看了小高一眼。小高连忙说，村长放心，你有什么要交代的尽管说，都是为了神树好。他给陶铮语打了个眼色。陶铮语接过话头说，村长，给神树送行是个大事，我有个想法，不知道村长同不同意？村长扭过头说，陶总，您讲。陶铮语说，今天来不及了，明天好好安排下，该采买的采买，后天搞仪式，你看怎样？村长说，陶总考虑得仔细。陶铮语继续说，我还有个不情之请，搞仪式的费用我们来出，毕竟是我们请神树回去。村长说，那让您破费了，本该是我们出的。陶铮语说，这个我们就不争了，我感谢乡亲们理解支持。陶铮语说完，村长朝屋子里的人摆了摆手说，都回去吧，都回去，早点休息，明天还要忙，陶总他们也要早点休息。人散了，村长和陶铮语握了握手说，子孙不争气，人心都散了，只看到钱。村长脸上一层灰。

村人外出采买，这是大事，过年似的。村里人本就不多，这一外出，人更少了。陶铮语和古修泉起来，洗漱完毕，两人去了神树下。古修泉坐在神树下，给陶铮语分了根烟说，积了大德了，也缺了大德了。陶铮语说，怎么讲？古修泉说，你这挖的是人家神树，祖宗的记忆全在上面，和挖人家祖坟有什么区别，你说是不是缺了大德？陶铮语说，那积了大德呢？古修泉抽了口烟说，那要感谢财神爷，穷成这个样子，别说一棵树，人怕也是都肯卖了。

神树上挂着的神符摇摇摆摆，小鸟叫声叽喳相应，有村人拿了香火纸烛来，烧纸磕头上供果。古修泉在神龛边站住，他胖胖的身子像一个树墩。两人在树下站了一会儿，小高来了，他手里拿了香纸，分给了陶铮语和古修泉。小高烧纸点香磕头，接着是古修泉，到了陶铮语。他重重磕了下去，起身时额头上沾着泥土。烧完纸，小高说，明天怕是大场面，村长叫人杀了猪。陶铮语说，杀猪？小高说，平时过年过节给神树上供，顶多供个猪头，杀猪十年一次。陶铮语说，那确实是大场面，也是应该的。说完，他转过身，拿出手机给工程部打电话问什么时候能到。工程部的人说，陶总，快的话明天上午能到，最迟下午。陶铮语说，明天到了你们在外面等，不要进来。我打电话你们再进来作业，没我电话不准进来。挂了电话，陶铮语对小高说，你忙你的吧，我和古总到四周随便转转。

天刚麻麻亮，村长进来了，陶铮语和古修泉才起床。见到村长，陶铮语打了个招呼，村长这么早？村长说，不早了，都忙了半天。小高父母早起了，换了干净衣服，高父刮了胡子。陶铮语问，村长，仪式什么时候开始？村长说，等东西摆好，十点。陶铮语说，有什么我能帮忙的？村长说，等仪式开始了，你听我安排，这会儿没什么事。中午安排了酒席，村里人想请陶总喝个酒，交代我来请你。陶铮语说，村长客气了，我一定到。村长走了，小高跟着出门。陶铮语和古修泉在屋里坐不住了，他们走到门口，远处神树下面聚集了一堆人，红红绿绿的，摆满了桌子板凳。古修泉笑了笑说，大阵仗。陶铮语说，我觉得我也是作了孽了。古修泉说，这个酒不好喝，陶总保重。陶铮语说，再不好喝也得喝了，开弓没有回头箭。两人在门口闲聊了一会儿，村里有人过来说，陶总，村长请你过去。

走到神树下面，陶铮语看到神树上挂满了红色的小灯笼和红包，还有黄色神符。树下摆了六七张桌子，桌子上摆着碗筷。靠近神龛的地方架起了土灶，边上是案台，鸡鸡鸭鸭堆了一堆，各式的青菜。神树下面一张长宽的香案，两侧点了粗长的香烛。和土灶对应的另一侧，条凳上坐着五六个老人，手里拿着锣鼓唢呐等响器。神树身上缠着金黄的绸布，围着树干一直缠到分枝处。古修泉拿着手机拍照，他对陶铮语说，陶总，和神树合个影吧。陶铮语摆摆手说，算了，我不敢。等准备妥当，村长对陶铮语说，陶总，可以开始了吧？陶铮语说，村长，按你们的规矩来，我是来请神树的。村长说，那好。说罢，走到响器班子边上说了几句。唢呐响起来，人群静了，手里的动作停了下来，只听见锣鼓唢呐声，还有两位老人在唱，唱的什么陶铮语听不明白。吹吹唱唱了十来分钟，停了下来，人又各自忙着。稍后，密集紧促的鼓点响起，唢呐跟着响起来。村人扭头向村口望去，陶铮语跟着站起来扭头看，四个头缠红头巾的年轻人抬着什么东西从村里走过来。走近了，陶铮语看清，他们抬着一头猪。小高拉了下陶铮语的衣角说，陶总，一会儿该你上场了，村长说什么你照做，能不说什么都不说。陶铮语说，我？小高说，大祭，这阵势我也没见过。陶铮语说，怎么讲？小高指着抬猪的四个年轻人说，你看到他们缠着的头巾没？陶铮语说，看到了。小高说，按我们这边的风俗，只有高祖辈的过世，后辈才缠红头巾。陶铮语心里"咯噔"一下问，什么意思？小高咬了咬嘴唇说，村长这不是送行，这是给神树送葬啊。四个年轻人慢慢走近，到了香案台前，响器声静了。四个人把猪摆上香案。村长朝陶铮语招了招手，陶铮语赶紧过去。

村长拿过一把香递给陶铮语，陶铮语接过。边上的老人唱了起来，悲怆的人声，孤绝入云。陶铮语突然想到了铁城老人过世时，道士的唱腔。村长点上香，插上，跪下。陶铮语学村长的样子点香，插上，在村长边上跪下。等老人唱完，村长扶着陶铮语起来，走到香案前。跪着的村人都起来了，看着村长和陶铮语。边上有人递给村长一把尺余长的砍刀，村长拿刀，在猪脖子上割了一刀，递给陶铮语。陶铮语跟着在猪脖子上割了一刀，割完，把刀递给村长。村长举刀，一刀一刀砍下去，把猪头砍下来。村长砍一刀，陶铮语身上抖一下。砍下猪头，村长把刀递给村人，村人递给村长一个托盘，村长将猪头放进托盘，端到神龛前摆上。烧烛、点香、磕头。又是一阵响器。祭拜完，村长将猪头摆在香案上，村人递给村长一条黄绸布。村长将猪头慢慢包好，对陶铮语说，陶总，这个猪头你带着，等神树到了铁城，你替我们祭上。说完，将猪头端起来，递给陶铮语，唢呐响起。陶铮语接过猪头，村人"哗"的一声全跪在地上，哭声震天。陶铮语抱着猪头，连忙跪下，对着村人磕了个头。

拜祭仪式搞完，分了猪肉，妇女忙碌起来，男人坐在桌子边上抽烟，聊天。陶铮语和村长、古修泉，还有小高坐在一桌。鸡鸭上了，鱼肉上了，酒摆了一碗。村长说，陶总，我敬你。陶铮语和村长碰了碰碗，一饮而尽。又有别桌的村人来敬酒，陶铮语喝了一碗又一碗。古修泉站起来说，陶总喝多了，我替他喝，我替他喝。陶铮语说，我没事，什么时候要你替我喝酒了。他把古修泉压下来，站起来说，我喝，今天就算喝死在这儿我也认了。酒喝到下午，陶铮语看看太阳，紫黑色，神树上白鹤飞起，树上的灯笼和红包彩虹般飞升。他摇摇晃晃地站起来，走到神树边上，把酒碗贴到神树身上说，我有罪啊，我有罪，我把十八个人送到刑场，他们都死了。陶铮语喝完酒，抱着神树大哭起来。古修泉给陶铮语递了根烟。陶铮语一巴掌打开说，我有罪啊，我满手的血，我有罪啊。他的脸贴在神树上，双手抱着树干，像是抱着一个巨大的慰藉。天一下子黑了下来，陶铮语什么都看不见了。

等陶铮语醒过来，发现自己躺在一个陌生的房间里，古修泉在一旁笑眯眯地看着他。陶铮语揉了揉太阳穴说，这他妈是哪儿？古修泉笑了起来说，醒了？陶总昨天酒疯发得可以啊。陶铮语说，我怎么了？古修泉说，其实也没什么，挺好。陶铮语说，你赶紧告诉我，我干什么了？古修泉说，你哭了。陶铮语说，这个我记得，还有呢？古修泉说，喝完酒，你非要走，谁拦都拦不住。陶铮语说，是吗？古修泉说，当然是了，不然我们怎么会在这儿。陶铮语说，那真是醉了。古修泉说，不过，陶总，我很佩服你。陶铮语说，古总，这不合适了吧，我喝成那个傻×样，你想笑就直说。古修泉说，真不是，确实佩服。喝成那个样子，脑子还清醒，佩服。陶铮语说，古总，你能不能好好说，别老在那儿绕弯子。古修泉说，好，好，我说。昨天你不是喝多了嘛，抱着神树哭了半个小时，哭得那个撕心裂肺。哭完了，小高要扶你回去睡觉，你不肯，非要走，说要到市里来。临走，还交代小高，说小高不能走，要好好把神树请回去。这也就罢了。工程部给你电话，问什么时候过来，说都准备好了。你说，等你走了再说。陪你到市里，一路上你就和我来回说几句话，说请神树回去你看不得，要是留在现场，你怕你会放弃。陶铮语说，真的假的？古修泉说，我什么时候骗过你？所以才佩服，喝成那个样子，还有理智，还知道工作是工作。陶铮语说，那是真傻×了。

　　陶铮语抱着一个猪头回了铁城。路上，小高打电话问陶铮语，陶总，车开不进去，怎么办？陶铮语说，开山劈路，不惜代价。回到铁城，陶铮语缓过劲儿来了，身上有了力气，在路边吃了一碗米粉，陶铮语回家了。到家下午两点多，陶慧玲上班还没有回来，他给陶慧玲发了个信息，告诉她，他回来了。洗完澡，陶铮语睡了，这几天，喝酒喝得太厉害，睡得少，人处于紧张状态。回到家里，他整个人松弛下来。临睡前，陶铮语看了看手机，小高发了图片过来，全村人在修路，山体被挖开，用石头高高低低铺了，离神树很近了，不到一百米，按这个进度，明天车可以进去。陶铮语躺在床上，似乎一闭上眼就睡着了。等他醒过来，陶慧玲下班了，他从床上起来，走到客厅，陶慧玲买了菜。见陶铮语醒了，陶慧玲说，醒了。陶铮语说，什么时候回来的？怎么不叫我。陶慧玲一边洗菜一边说，见你睡得死，多睡会儿，想着做好饭叫你。陶慧玲买了鱼、牛肉，正在洗嫩白的娃娃菜。陶铮语问，有什么要帮忙的？陶慧玲说，你出去看会儿电视，很快好了，本来想煲汤的，来不及。陶铮语说，两个人不用那么麻烦，随便吃点好了。到客厅沙发坐下，陶铮语打开电视，看了一会儿，又关上。没什么好看的，他不看电视剧，没那个时间，也不喜欢娱乐节目，法制频道播的纠缠不休的离婚案，陶铮语没什么兴趣。他去阳台坐了一会儿，远处青山如黛，当时买这个房子，主要冲着山景去的，还有不远处的水库。因为有山景水景，朝向又好，比背面的房子每平米贵出好几百块。他原来的想法是有空看看山水，多花点钱也值得。真住进来，他发现他很少有空看山水，即使有空，也很少坐在阳台看山水，多半扫一眼。这么算下来，看这点山水比看电影贵。陶慧玲做好饭菜，端上桌，喊陶铮语吃饭。她坐下来给陶铮语夹了块鱼腩说，你吓我一跳。陶铮语说，怎么了？陶慧玲说，一打开冰箱，看见个大猪头，要是你会不会吓一跳？陶铮语说，也是挺吓人的。陶慧玲说，你怎么想到要买个猪头？陶铮语说，不是买的，别人送的。他把事情说了一遍。陶慧玲说，你就真给带回来了？陶铮语说，必须带回来，答应人家的事。陶慧玲说，放冰箱不行，急冻放不下，放上面时间长了会坏。陶铮语说，吃完饭我拿门口超市，看能不能让人家帮忙放冰柜里去。

等小高回了铁城，跟着小高一起回来的还有神树。小高灰头土脸，衣服皱巴巴的沾满泥土色。车开进楼盘，陶铮语站路口等着。载着神树的车刚停稳，吊车跟着进来了。神树安家的位置早选好了，楼盘中央广场，一进

83

小区，最显眼的位置。广场本来挺大，几百人稀稀松松放下。挖坑时，陶铮语现场画的圈，圈很大，半个篮球场的地盘，他不想委屈了神树。几十号人，忙碌了五六个小时，好不容易把神树安顿好。陶铮语站在门口一看，原本显大空阔的广场小了，神树像是种在大花盆里。他走到树下，神树枝叶断残了不少，不够精神，台风打过一样。都没有关系，无论如何，神树请回来了，接下来的文章好做了。离开盘还有一个多月，还有时间把神树料理得漂漂亮亮的。小高看着神树，眼神迷离，他对陶铮语说，陶总，我们真把神树请回来了？陶铮语拍拍小高肩膀说，请回来了，你看，这不是好好的吗？小高说，累了。陶铮语说，你回去好好休息，放你两天假。小高摇摇头说，不用，也还好。神树周围撑着铁架子，树太大了，架子也大，牢房一样把神树关了起来。陶铮语对保安队长交代，安排两个人，二十四小时看着神树，千万不能出什么问题。人都散了，陶铮语坐在树下抽了根烟。他手机里存着小高发过来的视频，神树吊起来时，像山塌了一样，摇摇晃晃，根部的土"索索"掉在地上。装车启动时，鞭炮轰得天响，桃花雨飘荡不散，烟雾中神树缓缓启程。小高还拍了神树起身后留下的坑，黑黝黝的。陶铮语问，怎么回事，树根还在动？小高说，陶总，那不是树根，蛇。七八条土褐色的蛇从洞里钻出来，扭缠在一起互相撕咬，树一样立起来，又倒下。一群鸟儿跟着神树盘旋，跟了三四公里，无望地散去。鸟声急促，时不时箭一样射下来，射到神树身上，又慌慌张张地弹到天空。

　　第二天一早，陶铮语到楼下超市拿了猪头。猪头冻了两天，硬邦邦一坨冰疙瘩。陶铮语提着猪头，一股冷气嗖嗖扑过来。他开车去市场买了香烛，又买了瓶茅台，三个小酒杯。买好东西，陶铮语开车到公司楼下给小高打了个电话说，小高，你下来，我在门口。等小高上了车，陶铮语对小高说，神树请来了，我们先去拜祭一下，不凑人多的热闹。到了楼盘门口，陶铮语把香烛、酒，还有猪头拎下来。猪头开始解冻了，一滴滴往下滴水。陶铮语和小高走到树下，摆好东西，看着猪头，猪头湿淋淋的。陶铮语把猪头拎到太阳底下，又回到树荫下。他和小高两人并排坐着，看着十米开外的猪头，猪头又肥又大，村里养了两年的大肥猪，杀了炼油吃肉吃上一年。猪耳朵软了，猪脸软了，猪脖子软了，放得稳稳当当的猪头歪倒下来。陶铮语走过去，捏了捏猪头，软了，外层解冻了，还是满头的水。他把猪头摆正，放好。晒了三个多钟头的太阳，猪头晒干了。陶铮语摸了摸猪头，有了点温热，干干净净的，不见水。他把猪头供上，点上香烛，倒满酒。茅台的酒香飘开来，要让人醉了。先让小高进香烧纸，后是陶铮语。拜祭完，陶铮语收起酒，递给小高说，祭神树的酒，你带回去喝。他看着猪头，想着该把猪头怎么办。放了这么多天，拿回家那会儿略有了点味道，冻过之后，怕是不能吃了，再说，他不爱吃猪头。小高拎起猪头，拿到一边说，埋了吧。他去物业拿了铲子，在神树边上挖了个坑，土还是新土，并不严实。挖好坑，小高把猪头放进去，覆上土。有鸟儿飞过来，落在神树上，不想走的样子。树上挂着的灯笼、红包、神符摘了下来，树上一无所有。陶铮语围着神树走了一圈，主干上有点擦伤的痕迹，问题不大，伤皮不动骨。枝干出于运输的需要，锯了部分，压折了些，大体完好。要重新挂上灯笼、红包、神符，该包的地方用黄绸包起来，神树还是棵漂亮的神树。鸟儿都来了，这些都是吉兆。

评选正在进行之中，一切尽在掌握。顾惜持组织的评委班子和古修泉的宣传班子配合默契，都是多年的朋友，一个眼神，一个暗示，彼此都能明白，何况还是此前交流过的事情。原本默默无闻的小盘"福寿云台"已成城中热门，到处都听人说这个盘风水好，只要住进去，想升官的升官，想发财的发财，至于求子，那更是小事一桩。古修泉趁机放出风去，说楼盘耗费巨资从福建请了千年风水神树，想想看，千年的风水尽在一脉，这神树一进来，那是多大的福分。还没开盘，来看神树的人络绎不绝，看过的都感叹，这么大的树，从没见过。网络上神树的图片流传开来，和图片一起流传的还有关于神树的故事。陶铮语看过故事后，给古修泉打了个电话说，古总，故事编得太好了，我都信了。古修泉说，那就对了。陶铮语等着最后一击，打完最后一拳，该开盘了。戏做了这么久，临近高潮，得把它射出来，不然就瘘了。陶铮语给公司打了报告，拿了五套八五折，其中一套他要留给小高。

卷二：古修泉夜宴图

　　南唐后主李煜听说韩熙载生活"荒纵"，派画院待诏顾闳中到韩熙载家窥探，回来后凭"目识心记"画出此幅反映韩熙载夜宴情况的长卷，真实地描绘郁郁不得志的韩熙载纵情声色的神情。全画分五段，段落之间，以屏风、帐篷等相隔：第一段"听乐"，图中人物有李嘉明、新科状元郎粲、太常博士陈志雍、紫薇郎朱跣、善舞少女王屋山等；第二段"观舞"，韩熙载亲自击鼓伴奏，王屋山翩翩起舞；第三段"歇息"，画面由动转入静，有客披被而眠，韩熙载坐在榻上与侍女调情，有一侍女以琵琶遮面；第四段"清吹"，韩熙载右手持扇，正在欣赏乐队吹奏笛箫；第五段"散宴"，人或携妾离去，或依依不舍。

《韩熙载夜宴图》是中国画史上的名作，中国十大传世名画之一。它以连环长卷的方式描摹了南唐巨宦韩熙载家开宴行乐的场景。韩熙载为避免南唐后主李煜的猜疑，以声色为韬晦之所，每每夜宴宏开，与宾客纵情嬉游。此图绘写的就是一次韩府夜宴的全过程。这幅长卷线条准确流畅，工细灵动，充满表现力。设色工丽雅致，且富于层次感，神韵独出。画卷各部分之间巧妙地运用屏风、几案、管弦乐器、床榻等物隔断，既独立成画，又前后连接，恰到好处。

五代南唐 @ 顾闳中：《韩熙载夜宴图》

和姚林风认识后，古修泉和姚林风每周见两到三次，有多，没少。姚林风喜欢吃螃蟹，一到中秋节前后，螃蟹算是倒了大霉，膏肥肉满，姚林风牙痒。姚林风吃螃蟹时，淑女样全无，她凭着一双手和牙齿，把螃蟹吃得脂膏不剩，拼起来还是只螃蟹。古修泉佩服，他绍兴人，吃螃蟹本应是他的强项，阳澄湖的蟹配上绍兴的黄酒，神仙日子。他吃得少，以前家里经济不好是个原因，还有他嫌麻烦，一只螃蟹，忙活半天，剥不出二两肉。姚林风笑他，说你这穷苦人家的孩子，哪知道这种精细的好。通常，到了螃蟹季，古修泉和江苏的朋友打好招呼，无论如何给他搞几筐过来，得是正宗的阳澄湖大闸蟹，洗澡蟹不行。收到螃蟹，有时去酒店，有时在古修泉办公室，他把蟹蒸上，看姚林风吃。一次，姚林风能吃五只，要是发起疯来，八只也不在话下，她是真爱。吃过螃蟹，姚林风整个人都是舒坦的，眼神迷蒙，像是藏了一大团雾。古修泉说，你这哪里是吃螃蟹，和嗑药差不多。姚林风慵懒地往沙发上一靠，各有各的药，我的药是螃蟹，你的药是我。古修泉给姚林风递过热毛巾，把手擦干净，又倒了温水给她洗手，再擦干净。整个过程像个仪式，这是他们两个人的情景。人多了，姚林风不这么吃，通常吃上一两个，收手，淑女的样子。她说，这哪能吃得好。没吃好，姚林风不痛快，整个人提不起精神。除开螃蟹，姚林风没什么特别的喜爱，在吃的这方面。

三年前的螃蟹季，古修泉收到了一大筐螃蟹，四两多一只，打开蟹脐一看，亮黄黄的。他想着姚林风吃蟹的样子，嘴角微微翘了起来。古修泉数了数，足足有二十只，够姚林风吃几顿的了。他特意买了黄酒，姚林风喜欢喝一点儿。到了晚上，古修泉给姚林风打电话，喊姚林风过来吃螃蟹。姚林风说，不吃了，我不舒服。听姚林风说完，古修泉愣了一下说，怎么，螃蟹也不吃了？姚林风说，不吃了，你自己吃吧。古修泉想，坏事了，她怎么连螃蟹也不吃了。以前一听到螃蟹，特别是这个季节的大闸蟹，姚林风魂都要掉了。再一想，他有三四天没见到姚林风了。古修泉问，哪里不舒服，有没有看医生？姚林风说，没事，过两天就好了。古修泉说，那螃蟹我先养着，等你好了蒸给你吃。姚林风说，好。挂掉电话，古修泉还是不放心，他又给姚林风发了个信息，你到底怎么了？姚林风回，没事，你别想多了。过了三天，姚林风打电话给古修泉，问古修泉在哪里？古修泉正看策划案，他说，在办公室呢，你好了？姚林风说，好多了。古修泉说，你让我担心死了，生怕你出什么事情。姚林风笑了笑说，我这种泼妇能出什么问题，你担心你自己好了。见姚林风这么说，古修泉放心了。他说，螃蟹我还给你养着呢，再不吃，怕是膏都没了。姚林风说，修泉，你对我真好。古修泉说，那当然，谁让你是我女人。姚林风说，不要脸。古修泉说，要不，晚上我们去望水斋吧，螃蟹再放不得了。姚林风说，好的。挂掉电话，古修泉给顾惜持打了电话，说朋友送了一筐螃蟹，想送给大师尝个鲜。顾惜持说，客气了，早点过来一起喝茶。

　　下午忙完，古修泉叮嘱了几句，早早去了望水斋。他把车停在门口，搬了螃蟹，打开筐一看，螃蟹不大精神，敲敲背，勉强竖起芝麻粒般的细眼来。古修泉提着螃蟹和黄酒进了望水斋，顾惜持迎过来，拎过酒说，你这哪里是给我送螃蟹，你是到我这儿喝酒来了。古修泉说，大师，一个意思，你一个人吃也不热闹，有人陪着不是更好？顾惜持边走边说，你总是有道理。小姚午饭后就来了，喝了好久茶，我还以为你会早到。古修泉往里面望了一眼说，她也没跟我说，我还以为她要晚些。走到客厅，老陈过来接过酒和螃蟹。顾惜持和古修泉走到茶台边坐下，姚林风正在冲茶。见他们进来，姚林风抬起头说，刚才听到车响，我猜是你来了。顾惜持笑了起来说，你怎么知道是他，我这里又不是他一个人往来。姚林风说，一听他关车门的声音我就知道是他来了，和别人不一样。顾惜持问，怎么不一样了？姚林风说，说我是说不清楚，声音、力度、节奏总是不同的，每个人都不一样。顾惜持说，你倒是挺了解。姚林风说，我的男人，我怎么不了解。姚林风说完，看了古修泉一眼，古修泉端起茶杯喝了一口。顾惜持说，你们先聊一会儿，我去和老陈交代一声，别把好东西给糟蹋了，也要加几个菜。顾惜持一走开，古修泉问，你这几天怎么了，打电话给你也不接。姚林风说，我这不是好好的吗，上午还打电话给你了。古修泉说，几天不理人，也不怕人担心。姚林风说，你真担心我？古修泉说，又不是没心没肺的，怎么不担心。姚林风说，难得你担心我，好得很。姚林风穿了条大花的裙子，浓艳热烈，腰收得细，胸部满满的。古修泉顺着姚林风的腰看下去，看到了她修长的小腿，漂亮的脚踝，他喜欢她的脚趾头，小巧圆润，涂了紫色的指甲油，凉鞋细小的带子缠绕在脚踝上，非常迷人。喝了几口茶，姚林风说，我今晚想喝酒，想喝很多酒。古修泉说，想喝你喝呗，正好有螃蟹。姚林风说，我要吃十只。古修泉说，还好我带得多，不然还不够你一个人吃的。

螃蟹蒸了上来，红通通的摆在盘子里，摆了八只，老陈又上了几个热菜。古修泉给顾惜持倒上酒说，大师，说是来看看你，让你尝尝鲜，这到头来，倒像我们是来蹭饭的，总是麻烦你。顾惜持笑了笑说，也就你们几个这样，别的我还不招待了。古修泉说，这是我们的福分，谢谢大师青眼。顾惜持说，你也别跟我假客气，真要客气，你就别来了。古修泉举起酒杯说，你看，大师，我这就是个俗人，总少不了这套。和顾惜持碰完杯，古修泉挑了一只大螃蟹放在姚林风碗里说，尽你先吃着。顾惜持指着古修泉说，你看，这个时候分出亲疏了，果然还是重色轻友。古修泉笑了起来说，大师，这你就不懂了，这是男人的美德。顾惜持说，好好好，男人的美德，这方面我和你比差得就远了。顾惜持说完，姚林风挑了两只大螃蟹放在顾惜持面前说，大师，他给我一个，我给您两个，还是我对您好。顾惜持说，好了好了，你们两个就别在我面前演戏了，戏做过了就假了。三人喝了杯酒，姚林风专心吃螃蟹。古修泉问顾惜持，大师，最近陶总来得多吗？顾惜持问，你说哪个陶总？古修泉说，陶铮语，以前在刑侦大队的。顾惜持说，哦，你说他啊，来得也不少。怎么了，你怎么突然想到他了？古修泉说，我们公司这两年和他有些合作，我有点看不透这个人。顾惜持说，怎么讲？古修泉说，按说部队、武警、公安系统出来的人我也接触过不少，多半都钢武有余，温良不足，喝起酒来也是不要命的样子。说真的，我最怕和他们做生意，钱不多赚，酒没少喝，还得罪不起。陶铮语有点不一样，我和他接触这么久，没见过他耍疯撒泼的时候。顾惜持说，那有什么不好？古修泉说，不是有什么不好，让人有点害怕，他太收敛了，藏得太深。要是他贪财好色，那倒好说一些。顾惜持喝了口酒说，我看也没你说的这么复杂，这个人心地纯良，不像个奸诈之徒。古修泉说，这个怎么讲？顾惜持把陶铮语和他讲过的事情讲了。听完，古修泉说，你要是这么说，我理解一点了。即使是个警察，即使是把坏人送上刑场，心里还是不舒服，我听说刑场上执法的武警，通常事后都要做心理疏导，毕竟是条命，杀坏人也是杀人。顾惜持说，是啊，命大过天。两人正说得热闹，姚林风吃完了两只螃蟹，蟹壳蟹腿摆在一旁。姚林风举起酒杯说，好好吃个螃蟹，你们两个非要说上杀人的事，这还让不让人好好喝酒了？顾惜持看了看姚林风摆在面前的蟹壳蟹腿说，小姚这螃蟹，吃出了博士水平。姚林风说，我这是吃得急了，还没发挥好。两只螃蟹吃下去，姚林风酒兴上来了，她频频举杯。顾惜持看着古修泉说，修泉，你今晚怕是跑不脱了。姚林风吃完五只螃蟹，喝了一瓶半黄酒，脸上微微红了，看古修泉的眼神妩媚起来。她靠在古修泉身上，一半撒娇一半认真地说，来嘛，我们喝酒嘛。古修泉扶了扶姚林风说，你喝多了。姚林风说，我一早和你说过了，我今天想喝酒嘛。顾惜持说，你们喝，就当我不存在。修泉，我看小姚今天是要把你吃了才放心。古修泉略带尴尬地笑了笑说，大师，连你也来取笑我了。

喝完酒准备下山，姚林风有了醉态，手搭在古修泉腰上。顾惜持送古修泉出来说，要不你喊个人过来开车，你喝了不少酒，小姚又是这个样子。古修泉谢过顾惜持说，大师，放心，我没事，这条路又不是走过一回两回。等把姚林风放上车，古修泉关上车门，正准备上车，看到顾惜持使了个眼色，古修泉凑过去半步，顾惜持朝姚林风努了努嘴，轻声说了句，心里有事，你小心点。古修泉说，看得出来，撒了一晚上的酒疯。等上了车，姚林风把手伸过来，摸着古修泉的大腿说，大师刚才跟你说什么了？古修泉说，没说什么。姚林风说，还骗我，我都看见了。古修泉说，说你撒酒疯。姚林风说，这都算要酒疯，一会儿我撒给你看。车开到半山坡，古修泉把车停在路边对姚林风说，林风，我觉得你不对劲，有问题。他把车窗摇下来，快十二点了，满城的灯火正旺，天转凉，还不冷，贴着皮肤的清凉，干爽舒服。姚林风深吸了一口气，像是醒了酒说，是有事儿。古修泉说，说吧，等了好几天了。姚林风说，在这儿我没办法给你说。古修泉说，那要去哪儿说？姚林风说，今晚你别回了，我也不回。

到了酒店住下，古修泉先去洗了个澡，穿着内裤躺在床上，人清醒了大半。这个酒店古修泉和姚林风来过多次，园林式酒店，离房间不远有小小的温泉池，门口种着两排笔直的棕榈树。他喜欢这个酒店的房间，每个房间都不一样，蓝色紫色和粉色为主色调，有点暧昧，适合他们这样的男女。第一次来这个酒店纯属碰巧，两人开车到了这儿，酒店离城区不远，开车不到半个小时。来过一次，再来就熟悉了。他们从来没去泡过温泉，孤男寡女去泡温泉，等于脸上写着两个大字，随时准备让人打脸的。见古修泉洗完澡，姚林风解开头发说，我也去洗个澡，出了一身汗。姚林风踢掉鞋子，赤脚进了洗手间，裙子还穿着。等姚林风洗完，古修泉快睡着了，他似乎等了一个世纪那么漫长。电视里正在转播足球赛，穿着德国队队服的球员推土机般推进着中场防线。姚林风拍了拍古修泉歪斜着的头说，你睡着了？古修泉抬起头说，喝了点酒，困，这几天也累了。他看了姚林风一眼，伸手环住姚林风的腰说，穿这么整齐，这是要干吗？姚林风滑进被子里说，不让你做坏事。古修泉摸索到姚林风背后，要去解扣子。姚林风抓住他的手，放回到腰上说，你确信你要？古修泉说，都是成年人了，你以为呢？姚林风说，古修泉，我不跟你开玩笑，你确定你想要？古修泉的手隔着文胸捏着姚林风的乳房说，要，想要。姚林风闭上眼睛说，你想好。古修泉解开姚林风的文胸，脱下姚林风的内裤，他抚摸着姚林风的大腿，光滑丰腴，他低头顺着大腿往上亲吻姚林风。姚林风的身体索索发抖，古修泉问，怎么了，冷吗？姚林风说，不冷。她抖得更厉害了。古修泉的嘴低了下去。他摸到了姚林风左边的乳房，他熟悉的肉体。他的嘴巴挪到右边，动作停了下来。他眨了眨眼睛，怀疑看错了，那颗枸杞般的珠玉消失无踪。他抬头看着姚林风，姚林风的眼泪顺着眼角流了下来，打湿了她蓬松的头发。姚林风双手抱住古修泉赤裸的背部说，别理它，别理它，我想要。古修泉的酒彻底醒了，他挣脱姚林风的怀抱，半撑起来，盯着姚林风的右乳，它消失了，只剩下一个新鲜的疤痕。古修泉骂道，×，你到底怎么了？姚林风按住右乳，把头扭了过去。古修泉骂道，畜生，他妈的畜生，是不是鲍承发那个狗日的干的？姚林风全身蜷缩起来。古修泉叫起来，我要杀了他，畜生，×他妈的畜生。他弯下腰，把姚林风抱在怀里。姚林风的身体抖得像一片落叶。

做完爱，古修泉和姚林风平息下来。古修泉靠在床头默默地抽烟，一口一口的苦涩，顺着气管进入他的肺部，他身体的每一根神经。姚林风贴着古修泉说，他知道我们的事了。古修泉说，对不起，是我害了你。姚林风说，要是我不愿意，你伤不了我。和姚林风在一起两年，纸里藏不住火，这个道理古修泉懂，他没想到这火来得如此激烈。古修泉说，这是个畜生，他怎么能干这样的事情。姚林风说，也不能这样讲，无论怎么说，他是我丈夫，换了是你，你会怎么办？古修泉说，有本事冲我来，欺负一个女人算什么？姚林风说，他倒也不是没想过，为什么没这么干，我不清楚。不过，也好。古修泉说，这还好，有什么好的？姚林风说，我和他说清楚了，反正我是要跟着你的。古修泉抚摸着姚林风的右乳说，你他妈是个傻×。姚林风说，你别负了这个傻×就行。

天很快亮了，姚林风穿好裙子、鞋子，又是一个漂亮端庄的女人。她挽着古修泉的手说，下次再来，我们去泡泡温泉吧。来这么多次，一次也没泡过。古修泉说，好，下次来，想泡多久泡多久，随你。

隔了三天，古修泉打电话给姚林风，约姚林风去山顶。姚林风说，去山顶干吗？古修泉说，先别管，你来。山顶不是山顶，在铁城的交际圈，谁都知道山顶指的是山顶别墅，原主人移民去了加拿大，只剩下一栋装修精美的别墅。再好的房子，没人住，时间一长就荒掉了，就像花，要是没人浇水，总得枯凋。后来，有人看上了山顶别墅，出了大价钱买下来，稍加装饰，做成了高档会所，原本是给朋友们玩的。随着名气见长，关门也挡不住客，索性搞成了会所，请了厨师服务员，成了铁城标志性的高档餐厅。说是餐厅，也不完全对外，来的都是熟人，食材高档，做得精细，自然也贵得吓人。普通市民不熟，知道也不会去，太贵，犯不着花这个钱。生意场上，各种场上招待贵宾，却是个好去处，安静没人打扰，也说不上犯忌。古修泉带姚林风去过两次，姚林风不太喜欢，她说，两个人去那里没什么意思。

等下了班，姚林风开车去了山顶。停好车，古修泉走了过来，迎着姚林风进去。姚林风说，你这是干吗，都说过我不太喜欢。古修泉说，你就当玩儿呗。进了院门，过了曲折小道，路过一群锦鲤和鸡蛋花，他们进了大厅。大厅摆了四张桌子，见姚林风进来，有人站起来说，哦，小姚来了。姚林风打过招呼，继续往里走，又有人给姚林风打招呼。跟着古修泉上了三楼天台，姚林风坐下来，整了整衣服说，怎么回事，好像我认识的人全来了。古修泉说，哪有那么夸张。有些是古修泉的朋友，平常跟着古修泉一起出去，来往几次，也都熟了。姚林风说，古修泉，你到底在干吗？古修泉笑笑说，没干吗，约你吃个饭。姚林风说，我觉得不对劲，好像全是熟人。古修泉说，熟人就对了，今天我包场。姚林风说，你这是有钱烧的，跑这儿包场。两人在三楼聊了会儿天，有人打电话给古修泉。挂掉电话，古修泉说，都好了，我们下去吧。进了房间，挨着古修泉坐下，姚林风一看，除了她一个女的，全是男的。见古修泉进来，有人跟古修泉打招呼，古总，到底有什么喜事？搞这么大阵仗。古修泉说，别想多了，真没什么事。来人说，你这样讲，我们这个饭吃不安宁。古修泉说，先喝着，你急什么。菜上来，古修泉吃了几口，给桌上敬完酒，侧身对姚林风说，你跟我去敬个酒。姚林风说，要去你去，我凑个什么热闹。古修泉说，那不行，你得跟我去。

姚林风说，我算个什么身份？跟你去敬酒。古修泉端着酒杯，看着姚林风说，你是我女人，这个身份。姚林风笑骂道，你有毛病。古修泉说，我没毛病，你跟我去敬酒。古修泉一脸认真，姚林风有点明白了。正犹豫着，古修泉一把拉住姚林风的手站起来说，大家慢慢吃慢慢喝，我和林风去敬个酒。姚林风尴尬地站起来，端着酒杯，由着古修泉拉着。进了一个房间，古修泉说，来来来，我和林风给兄弟伙敬个酒，吃好喝好。桌上看姚林风的眼神有些怪异，这算个什么意思？进了另一个房间，相同的话又说了一遍，同样的眼光扫射过来。出了房间，姚林风说，修泉，我不去了，尴尬得很。古修泉说，那不行，每次都是听你的，今晚你得听我的。姚林风说，你这是想干吗，向全世界说明我俩是一对狗男女？古修泉说，别人怎么想我不管，我得告诉他们，你是我女人。姚林风说，你疯了。古修泉说，现在还没，以后说不准，你和我去敬酒。姚林风猛地一口把杯中酒喝完说，由得你了，老娘今天这个脸也不要了。把所有酒敬完，两人回了房间，古修泉脸色红涨，他又给自己倒了满满一杯举起来说，这杯我敬大家，今天摆这个酒没别的意思，我就是想告诉大家，小姚，姚林风是我女人。姚林风打断古修泉的话说，你别喝了，喝多了吧。古修泉推开姚林风的手说，今天我把话扔在这儿，以后我要是负了姚林风，我不得好死。说完，一昂头把酒喝了。一桌子的人跟着起哄，小姚小姚，古总跟你表白了，把杯端起来，端起来。

等宾客散去，姚林风把古修泉扶到三楼的客房。古修泉喝醉了，像一条软绵绵的沙袋。给古修泉脱掉鞋子衣服，盖上被子，姚林风搬了张椅子，去天台坐了一会儿。她喝得不多，她知道古修泉要喝多的，他像个疯子。送客人出门时，古修泉一声一声尖利地叫喊着，你们都听着，姚林风是我女人，鲍承发那个王八蛋，老子迟早要杀了他，我×他妈的鲍承发。姚林风觉得她的脸，一块块碎在地上，捡都捡不起来。奇怪的是，她并不生气。眼前有颗流星飞了过去，按照以前的说法，有人要死了。姚林风想抽根烟，放把火，把这个×蛋的世界给烧掉。坐了一会儿，姚林风进了房间。她洗了把脸，刷完牙，贴到古修泉身边。他的身体滚烫，着火了一般。等古修泉醒过来，天已大亮，白色的云朵堆集得像是要沉落下来。姚林风站在天台上，她的头发微微飘起。古修泉走过来，从后面抱住姚林风的腰，脸贴在她的脖子上。姚林风摸着古修泉的手说，醒了？古修泉说，头还有点疼。姚林风说，昨天你喝得太多了。古修泉说，高兴。姚林风问，你后悔吗？古修泉把手按在姚林风的右乳上说，不后悔，后悔我就不会做了。姚林风转过身，捧起古修泉的脸说，现在，我们成了铁城最不要脸的奸夫淫妇，恭喜你。

再到望水斋，顾惜持看着古修泉只是笑，一边笑一边用手敲着桌子。古修泉也笑，笑什么，都知道。顾惜持不问，古修泉也不说。笑过了一泡茶，顾惜持忍不住说，修泉，你的事我听说了。古修泉说，我知道你听说了，没想到你还对这个感兴趣。顾惜持说，我倒没什么兴趣，有兴趣的人多。这些天凡是到我这儿的，不是说起这事儿，就是问起这事儿，我听得都烦了。古修泉说，都怎么说？顾惜持问，想听真话假话？古修泉说，当然是真话。顾惜持说，都笑你傻，一点烂事儿，还生怕别人不知道似的。古修泉说，一帮俗人，哪能懂我的心思。顾惜持说，那你倒说说看，你是怎么想的。古修泉说，大师，不瞒你说，我没怎么想，我只是觉得这事儿总要有一个交代。这就算交代了？也说不上交代，至少表明我一种态度。大师，鲍承发你认识吧，那是个什么东西，他也配和林风在一起？顾惜持说，我倒不这么想，不管鲍承发是个什么东西，你现在这样搞得自己尴尬，小姚也尴尬，全铁城的人都在等着看你和小姚的笑话。开场容易，收场难。古修泉说，就算是个笑话，那也是我自找的笑话。顾惜持问，不怕？古修泉说，不怕，要是怕，我就不做了。这些年，我算是想明白了，做点我喜欢的事，别人怎么想随便吧。顾惜持说，你想明白了就好，别的不紧要。古修泉喝了口茶说，大师，我为什么来铁城，你知道吧？顾惜持说，听你讲过一点。古修泉说，那我原本给你讲一遍。

　　大师，你知道，我是绍兴人，祖上也是诗书传家的清白人家。往上走几代，家里出过前清的进士，举人和秀才也有几个。到了我爷爷那一代，家道中落，挨饿不至于，和以前是不能比了。这个不紧要，时代原因，也没几个富户，也不敢当富户。我记得小时候我家住镇上，镇子边上有条河，河水还清澈，妇女都在河边洗衣服。镇上路面铺的青石板，磨得油光水滑的，下过雨之后，能照出人影来。离我家不远，有条小巷子，里面住着一个老伯，前些年我回去，听说老伯死了，得的癌症，食道癌还是什么癌搞不清楚，总之吃不得东西，喝水都疼。老伯临死前说了几句话，其中一句我记得深刻，他说，我到底作了什么孽，老天要让我得这种病，活不得，死不得。老伯死的时候据说只剩下一副空架子，怕是不到八十斤，饿死的。老伯生前喜欢读书、画画，画的国画。我家里没人管我，时常去老伯家玩，老伯家里平时没人，都要干活。他教我画画，也讲故事给我听。《卖油翁》《触龙说赵太后》那些我很小就听过了，后来读书在课本里碰到了，我还奇怪，怎么老伯知道这些故事？后来当然明白了，老伯读古书的人，这些故事对他来说不过是小儿科，可能也是寂寞。我那点画画的底子就是那会儿打下的，画得虽然不好，眼界倒还可以。老伯教我画荷花，也画点花鸟，他画的大写意，却经常要我练练工笔，说大写意对形的要求更高些，形不至则神散。老伯教我的这几笔画不重要，他对我说过几句话，人活在世上，要有几根骨头，没几根骨头撑着，人也就散了。我那会儿小，不懂，还摸着胸前几根排骨对老伯说，我这骨头都在呢。老伯笑，说等你长大就明白了，我说的不是这几根骨头。等我进了大学，老伯说的几句话我都明白了。我谈了个女朋友，一进大学就好上了。几年下来，不怕大师你笑话，那个时代虽然不比现在，该做的事也都做了，我想着大学毕业之后是要和她结婚的。等到快毕业了，我对她说，我到你家里看看，和叔叔阿姨见个面。她不同意，说了好几次，都不同意。我这才想起来，好几次我要带她回家，她都不同意。再笨的人也明白了，她没有和我结婚过日子的意思。问了几次原因，她吞吞吐吐的，不大好说的样子。逼得狠了，她说，我爸妈不同意。问她为什么？说是她爸妈怕她过不惯穷日子。大师，其实那会儿我不穷了，我一个在校大学生，在外面有自己的广告公司，也算混得不错了。我不服气，当然不服气，我觉得不说锦衣玉食，人家该有的，她会有。我对她说，你带我去你家看看，不然我不甘心。后来，她总算同意了。忘了和大师说了，她家是福建莆田的，就是莆田系的那个莆田，到处开医院的那个。下了车，她还是犹豫。我跟着她走，走了半小时，我问到了没有？她说到了。我问，你家在哪里？她说，你真要去？我说，来都来了，当然要去。我还在街边买了水果。又走了几步，她指着不远处说，那是我家。大师，我不知道你会怎样，看到她家的房子，我整个人都要塌了。那哪里是住家的房子，看上去和市政府差不多，七八层高，围成一个品字形。我说，那是你家？她点点头说，空着，没人住，平时住街上。看到那栋房子，我迈不开步子，羞耻，特别羞耻。我想到了我家的房子，又小又矮。我到底还是没进她家家门，在镇上随便找了个旅馆。晚上她回家了，我一个人住在旅馆，特别寂寞，特别空虚，特别害怕，我觉得我简直不堪一击，我那点骄傲被那栋房子击得粉碎，羞耻感特别强烈。第二天早上，她到旅馆找我，说要陪我去岛上玩。我不肯，一个晚上没睡，我不困，压抑得厉害。我想和她做爱，把她衣服脱了，按在床上，我兴奋不起来，潦潦草草的。又到了晚上，她说要回去。我让她陪我，她说不行，她爸妈知道我来了。回到学校，两个人什么都没说，分了。大学毕业，我来了铁城，我想离家越远越好，离她越远越好。这些年听到过她一些消息，说是在美国，老公是他们镇上的，开医院，他们镇上好些人开医院。也接到过她几个电话，声音还是和以前一样，我喜欢听，也想见她，又不敢，怕她一出现又把我打回原形。前两年，我又去了趟莆田，路过他们镇上，特意下车看了看。那真是土豪，房子盖得办公楼似的，多半空着。我想起来她说要带我去岛上逛逛，我查了下，湄洲湾，岛上供着妈祖，他们福建人信这个。坐船过海，爬上山顶，妈祖望着大海，海水一片蔚蓝。我围着妈祖绕了好几个圈，我突然发现，她和妈祖还有一点像。她好像在说，你终于来看我了。这种感觉很奇怪，学生时代的恋爱，也没什么大风大浪，记忆却深刻得很。你要让我仔细想，我想不起她具体的样子了，只记得大体的轮廓，毕竟一二十年过去了。大师，我说这些，你是不是觉得我扯远了？其实不远。我和林风在一起，和跟她在一起感觉很像。倒不是说林风强势，林风不强势，虽然有点小姐脾气，她那种家庭出身的，有点小姐脾气也正常。我说的是感觉，怎么说呢？我们两个在一起有点互相较劲的意思，这个很微妙，还真是说不清楚。林风和鲍承发，大师，你觉得他们合适吗？我觉得不合适。林风怎么可能会喜欢鲍承发那种没文化的暴发户，他们两个的事情我听说过一些，具体的原因我们不去纠缠，我总觉得林风受委屈了。我第一次见到林风，谈不上多喜欢，只觉得她性格不错，人好相处，长得，也还算漂亮。时间长了，我发觉她的好了，别看她大大咧咧的，她懂得疼人，也要人疼。大师，你说林风疼谁好，谁去疼她？连个想疼的人都找不着，那得多可怜？我想疼她，也想让她疼我。我们两个都可怜，互相疼一下，也算有个伴儿。我算是有点钱了，长了一身肉，我想长几根骨头，林风是我身上那根骨头，你要是把她抽出来，我疼，我受不了。大师，我是不是说得一点逻辑都没有？你会不会觉得我是因为受到女朋友的伤害，才会这样对林风？真不是。年轻时候谈个恋爱，伤不了这么深，再说她们两个之间也没有可比性。在铁城这些年，我心里空得很，直到碰到林风，我才满了。这么大个年纪，要说爱情有点酸，我说舒服。和林风在一起，人舒服，还有比这更好的吗？大师，你和我说到的老伯有点像，一想事情就特别认真，脸上也严肃，你看你脸上，严肃起来了。你是不是不想听我说这个？你要是不想听，我就不说了。我知道你刚才跟我说那些是为我好，好不容易做起点事情，要是因为这个砸了，划不来。大师，我真是不想谈林风，一谈林风我都想哭，你看她平时高高兴兴的，你不知道她遭了多少罪。哎，不说了，不说了，再说我眼泪要下来了。

清风徐来，水波不兴，阳光朗照，茶杯里澄澈干净。顾惜持拿起茶杯，轻轻吹了一口，刚换过水，烫得厉害。等古修泉说完，顾惜持喝口茶说，修泉，你有没有想过鲍承发，他怎么想？古修泉说，他怎么想是他的事，和我没关系。顾惜持摇摇头说，怎么和你没关系，和小姚有关系，自然和你有关系。古修泉说，顾不了那么多了。顾惜持说，修泉，你想想，你给鲍承发公开戴了那么大一顶绿帽子，他怎么能忍得了你？古修泉一愣。顾惜持问，鲍承发有没有找你什么麻烦？古修泉想了想说，没有。顾惜持说，那就有些蹊跷了，你多留心些，是个男人都受不了这种事情。爱不爱是另一回事，都是场面上的人，面子挂不住。他能沉住气，说明这里面有名堂，怕是没你想的那么简单。古修泉低下头说，多谢大师提醒，我有点昏头了。顾惜持说，我倒是听到一点消息。古修泉说，大师不妨指点一二。顾惜持说，你认识柳侍衣吧？古修泉说，认识，风月场上的，铁城几个主要娱乐场子都有她的人，以前做小姐。大师怎么说到她了？顾惜持说，我听人讲，鲍承发原本想找人弄你，还是柳侍衣从中调解。古修泉说，这个怎么讲？顾惜持说，我也不太清楚，都是听他们讲，你要想知道，自己问问柳侍衣。

从望水斋出来，到了街上，下午四点的样子，古修泉把车开到柳侍衣小区门口停下。小区在商业街边上，沿街都是小店，一边全是饮食店，南北的吃食一点不落。另一边多是服装店和玩具店，间或有一两家游戏厅。沿着商业街走两百米，有一个小小的街心公园。古修泉沿着商业街走过去，到街心公园找了个靠椅坐下。正是温暖的时刻，阳光照在椅子上，椅背的黑漆发出暖和的光。古修泉舒服地靠在椅子上，用手指理了理头发，揉了揉眼睛。他的前方有一棵巨大的木棉，这个季节的木棉，叶子凋零，带刺的枝干空荡荡的挂在上边。他能够想象春天到来时，树上开满火红的花，饱满热烈，枝头上停满血色的鸟。到了那个季节，龚敏总要去捡木棉花，一袋一袋的。新鲜的她拿来煲汤，用鲫鱼。据说木棉花煲鲫鱼汤祛湿，龚敏说古修泉喝酒太多，体内湿气重，多喝点好。古修泉不以为意，来铁城之前，他从不知道木棉花还能用来煲汤，要命的是居然味道还不错，他很喜欢。用不完的，龚敏晒干，给他煮茶。新鲜的木棉花大气漂亮，晒干后却是一副焉头巴脑的丧气样子，粗茶般的色泽，一点红都见不到了。离木棉不远处，老人带着孩子在散步，矮矮胖胖的小东西，摇摇晃晃，他们初到人间，还带有天使的美好。古修泉和龚敏没生孩子，龚敏不孕。龚敏提过几次离婚，古修泉不肯，他说，没孩子的家庭多了去了，干吗非得要个孩子？知道不能生育，龚敏对古修泉的态度有些转变，以前她不爱管他，知道不能生育后，她把精力彻底转移到旅游健身化妆聚会上，古修泉的事她懒得掺和，也从不过问。两个人相敬如宾，礼貌得像是在社交场合。至于做爱，以前一周一次，现在半个月或者一个月一次，似乎不能生育，做爱都是多余的了。龚敏对性兴趣不大，刚结婚那会儿，也没表现什么需求，不过是满足古修泉罢了。

在街心公园坐了一会儿，古修泉给柳侍衣打了个电话问，小柳，有没有空一起吃个饭？柳侍衣像是刚刚睡醒，哎呦，古总怎么想到约我吃饭了？古修泉笑笑说，想你了。柳侍衣笑了声，还是古总会说话，这嘴真甜。古修泉说，我在你们小区门口，等你下来。柳侍衣说，我刚起床呢，你等我一会儿。挂掉电话，古修泉缓缓往回走，他找了家小店，给柳侍衣发了个位置。点好菜，坐了一会儿，柳侍衣来了。柳侍衣化了妆，穿着牛仔裤和镂空的毛线小背心，手里拎着一个小包，比巴掌大不了多少。古修泉说，你这可不太专业。柳侍衣说，上班才专业，这会儿我是我。很少在白天看到柳侍衣，古修泉有点不习惯，他说，你和平时不太一样。柳侍衣说，那是你很少见到我平时的样子。喝了口水，柳侍衣说，你这会儿约我，我也有点不习惯。古修泉说，小柳，我也不和你兜圈子，有点事情想问你。柳侍衣笑了起来说，古总，你别吓我，你还有什么事情要问我？古修泉说，你圈子大，见的人多，还有什么事情能吓到你。柳侍衣说，那要看什么事。菜上来了，古修泉问，要不要喝点酒？柳侍衣说，不喝了，上班还得喝。给柳侍衣夹了口菜，古修泉问，你认识鲍承发吧？柳侍衣说，岂止认识，熟得不行。古修泉说，我和姚林风的事情你听说了吧？柳侍衣吃了口菜说，这么大的事儿，全铁城谁没听说。古修泉问，你怎么看？柳侍衣笑起来说，古总牛×，要是有个男人肯为我这么做，让我死十次我也认了。古修泉说，有个事情我想不明白，既然这么多人知道了，鲍承发肯定也知道，他到底怎么想的？柳侍衣放下筷子说，古总，你也别绕了，我明白和你讲。你一打电话给我，我就猜到你想问我这个。古修泉说，不好意思。柳侍衣说，其实也没什么，鲍承发对姚林风本来也不大感冒，男人嘛，有时候不过是个面子问题。他们两个，分居很长时间了，平时住一个屋，没睡一块儿。有天鲍承发喝多了，差点把我手下一个小姐的乳头给咬下来了，还说咬下你乳头怎么了，我老婆的我都咬下来了。古修泉脸色一沉。柳侍衣见状问，古总，还要听吗？古修泉说，你讲。柳侍衣说，我听到这话心里不舒服，我也是个女人。那天他还说要找人搞你，他这个人手狠，野路子出身，什么事情都做得出来。我本来想打个电话给你，想想算了，没凭没据的事情，再说我也不便插手。古修泉问，那后来呢？柳侍衣说，你请人吃饭那晚，他在我那儿，当时就有人打电话给他了。他气得要死，非要开车过去，我拦下来了。古修泉说，小柳，我有点好奇，你怎么拦得住他？柳侍衣抬头看着古修泉说，真想知道？古修泉说，不想知道我就不来找你了。柳侍衣喝了口水说，他一直想搞我。柳侍衣说完，古修泉脸上涨得通红，他骂道，×他妈的鲍承发，畜生。柳侍衣笑了笑说，古总，这么说就过了，我干什么出身你又不是不知道，和谁睡不是睡，无所谓了。古修泉说，小柳，对不起，连累你了。柳侍衣说，要是真觉得对不起我，多捧捧我的场子，算是我感谢你了。柳侍衣笑得恋爱了似的，古修泉满嘴的沙子。

几年下来，古修泉和姚林风出双入对，朋友圈看惯了也就好了。早期还时不时有人给鲍承发报个信，见鲍承发懒得搭理，如无其事的样子，报信的人自觉没趣，渐至于无。他们一起出席朋友的酒局，一起旅行，两口子一般。姚林风从来不参与古修泉的业务，即使古修泉偶尔征询姚林风的意见，姚林风也是一句话打发，你自己的事情自己拿主意。倒也不完全是懒得理，她对这个兴趣不大，她喜欢的是古修泉这个人，至于他干什么，对她来说关系不大。她日子过得下去，不像别的女人，跟个男人像是跟了个移动钱包。和古修泉一起，她花的钱不见得比古修泉的少。只有当古修泉碰到了问题，她恰好能帮上的，就顺手搭个线，算是尽了本分。

近两年，古修泉公司业务扩展迅速，姚林风和古修泉一起见了不少人，见得最多的是陶铮语，除开业务合作，他们隔三岔五聚在一起喝酒。刚开始姚林风不太理解，在她看来，古修泉和陶铮语完全是两个类型的人。古修泉外向，内心温和，长年在生意场上摸爬滚打，他练就了一套见人说人话，见鬼说鬼话的本事，各种场合伸缩自如，放得开。陶铮语就不一样了，他严谨，寡言少语，总是一副心事重重的样子，只有见到他们话多一些。以前，在刑侦大队如此。从刑侦大队出来，还是如此。变化不是没有，他长年穿着的警服脱下了，换上了西装衬衣，偶尔休闲一点，穿条牛仔裤。有一年元旦，他们在海边喝完酒，到了十二点，海边的烟火升腾起来，在天空中幻化成规则的形状，雨一样从空中飘落下来，有的像炸弹一样弹射开去。海边的人群沸腾起来，他们在海滩上奔跑尖叫，如同这是他们生命中最后一个黎明。情侣们在海边拥抱、接吻，孩子们睁大了眼睛。姚林风和古修泉随着人群荡漾、尖叫，咬对方的耳朵和舌尖。她看到陶铮语坐在沙滩上抽烟，烟头明暗相间，他坐在那里，望着大海发呆，似乎漫天的烟火都不存在。等烟火放完，他们回到陶铮语身边坐下，姚林风说，陶总，你好像一点也不兴奋。陶铮语说，不像你们年轻人，爱热闹，我老了。姚林风和古修泉说起过陶铮语，她说，陶铮语看着冰冷冷的，让人害怕。古修泉说，至少他没什么坏心眼，也没那么复杂。相处时间长了，姚林风发现古修泉说的在理。陶铮语永远那么冷静，不急不缓，保持着警察冷酷的理性逻辑。

和陶铮语一起做过不少项目，古修泉没什么压力。对他来说，做楼盘宣传轻车熟路，不外乎那几招。他们合作多年，彼此的心思一点就透，沟通成本低，这也是他愿意和陶铮语合作的原因之一。其他的原因当然也有，那是在生意之外的了。即便如此，做"福寿云台"这个项目，古修泉还是有点担心，玩得似乎有点偏了。他不担心顾惜持的操作能力，也不担心陶铮语的执行能力，对自己的策划能力更是相当自信。他担心的是神树，人可以操作，但树不行。把楼盘的卖点放在风水上，本来就是一着险棋。风水这个东西，信则有，不信则无。铁城人信风水，这个古修泉知道，也深有体会。龚敏本来不信风水的，现在也信了。她还找人给古修泉办公室看过风水，请的据说还是香港的大师，世界知名。大师看过后，提了几条建议，改了办公室格局，还要在书架上放六颗钢珠。古修泉不想改，他喜欢原本的格局。龚敏逼着古修泉改了，说大师讲了，不改影响公司运势，家庭不和。古修泉没有办法，随着龚敏的意思改了，他懒得在这些小事上和龚敏较劲。现在一到办公室，看到那六颗光闪闪的钢珠，他总有一种荒诞感。办公室信一下，问题不大，成本也低，整个楼盘就不一样了。到底有多少人愿意为风水多掏几十万，古修泉心里没底。他可以不操这个心，作为乙方，他只要好好把该做的事情做完了，把该收的钱收到，万事大吉。操这个心，完全是因为两个人，顾惜持和陶铮语。顾惜持参与其中，古修泉有点意外。和顾惜持交往这么多年，他空谈的多，出主意出点子没问题，相当于咨询机构，真让他协助去做，很少见。为了帮陶铮语做这个项目，顾惜持动用了他的资源，请了东南亚最著名的一批风水大师，这个人情不小。和陶铮语谈起，古修泉说了句，要做一个预案。陶铮语问他，什么预案？他没说。见过神树，古修泉更加确信，做预案是必须的。他必须设计一个方案，即使神树死了，还能把这个神话延续下去，至少不能搞砸了。

神树请到了"福寿云台"，打扮得漂漂亮亮。古修泉编的故事做得让人相信，这不是一棵普通的树，它身上凝聚了千年的福气。"福寿云台"开盘那天，古修泉去了，他必须去。不管是作为乙方，还是作为朋友，他都得去。开盘那天，盛况空前，要是不知道的人路过，大概会觉得那是在做法事，不像楼盘开盘。陶铮语请了十几个道士，还有古香林寺释了空大和尚。释了空大和尚主持古香林寺二十多年，在铁城乃至全省声名卓著，有名的高僧大德。古修泉站在现场，整个人有点恍惚，这真的是楼盘开盘吗？释了空大和尚亲自主持了开光仪式，给神树开光。给神树开完光，神树显得更为神圣，每一片叶子都流淌着幸运之光。开盘之前，铁城风水最好的楼盘评选水落石出，"福寿云台"遥遥领先，排名第一。排在后面的楼盘亦是喜气洋洋，搭了个免费的顺风车，没哪个不高兴。围着神树，摆了一圈的香案，进门的香案上，烧着一米多高巨大的香烛，烟雾缭绕的。案台上供了一头烧猪，皮烤得焦黄，眼睛上放了两颗红色的珠子，一闪一闪的，看着有些吓人。神树树干上缠了金黄的绸布，树上挂满了红包和神符，让人想起寺庙里的许愿树。敲锣打鼓，人声鼎沸，诵经的诵经，跑场的跑场，看热闹的看热闹，现场围得水泄不通，售楼部挤满了人。古修泉远远地找了个地方坐下，抽了根烟，他望着神树，想起了他和陶铮语去请神树的那天，那天人也很多，场景有些类似。短短一个月，神树被折腾得够惨的了。古修泉想，幸亏只是一棵树，要是个什么动物，怕是得吓得惊叫起来。在人群中，古修泉看见了顾惜持，他被一圈人围着，大概是在问他什么问题。顾惜持穿着中式长衫，道骨仙风的样子。和旁边的道士比起来，顾惜持显得更有仙气一些。他双手交叉放在腹部，脸上微微笑着。古修泉朝顾惜持招了招手，顾惜持点了下头，示意他看到了。古修泉进来时，陶铮语和他匆匆忙忙说了几句话，就被人拉走了。今天开盘，人多事杂，这会儿他估计忙得脱不开身。来之前，陶铮语给他打过电话说，古总，你一定要来，搞完一起吃饭。坐了一会儿，古修泉给陶铮语发了个信息，陶总，我有点事先走，就不一起吃饭了。回到办公室，他泡了杯茶，想了想他的预案。接着，打了个电话给姚林风，林风，晚上有没有空，一起吃个饭。

　　过了一个礼拜，陶铮语约古修泉到望水斋一聚，特别交代叫上姚林风。古修泉说，陶总，发财了吧？陶铮语一笑说，发财谈不上，托兄弟们的福，"福寿云台"卖得还不错。他语调轻松，听得出愉快。到了下午，古修泉打电话给姚林风，说陶铮语约一起吃饭。姚林风说，难得陶铮语约饭，这个要去。古修泉问，你下午有没有什么事情？姚林风说，没什么事儿。古修泉说，那我来接你，陪我出去逛逛，散散心。开车到姚林风单位门口，等了一会儿，姚林风出来了，手里拿着一束花。上了车，古修泉望着花说，不错嘛，还有人送花。姚林风说，给我送花的人多了去了。古修泉说，那是，姚林风女士可不是一般人。姚林风把花放在后排，系上安全带说，怎么突然想出去逛逛？古修泉说，也没什么事儿，总觉得有点不安，想和你一起走走。姚林风说，你无所谓，时间都是自己的，想什么时候出去什么时候出去，我还要上班呢。古修泉说，得了，你那个班我又不是不知道，谁还能管得了你。姚林风说，有没有人管都要自觉，毕

121

竟还是上班。

　　把车开到海边，古修泉停好车说，好久没来这儿了。姚林风说，我也好久没来了。这是一片海边的红树林，潮水退了下去，树林里湿漉漉的，红色的招潮蟹举着一大一小的两只螯召唤着海水。阳光照在树叶上，照在海水褪尽的滩涂上，生机勃勃。古修泉和姚林风沿着栈道散步，栈道弯曲，顺着红树林延展出去。下午，又不是周末，人很少，偶尔有几个人从他们身边走过去，多半时间，前后望去只有他们两个人。走到栈道深处，他们找了个地方坐下来。古修泉拉起姚林风的手亲了一下说，真想一辈子就和你这么坐着。姚林风笑了起来说，古总什么时候学会抒情了，再过几个小时，怕是又红尘万丈了。古修泉说，偷得浮生半日闲，不也蛮好。姚林风说，你今天古古怪怪的，不太对劲。古修泉说，林风，我问你个事情，你相信有天命吗？姚林风说，我相信有，虽然说不清。古修泉说，我以前不信，现在也信了，抗命而为总是不对。说罢，古修泉把姚林风抱过来，让她坐在腿上。古修泉摸了摸姚林风的屁股、大腿，隔着衣服捏了捏她的乳房。古修泉说，硬了。姚林风笑了笑，流氓。接着，堵住了古修泉的嘴。

从红树林出来，古修泉和姚林风去了望水斋。天略黑了，路灯亮了。开到望水斋，两人一进院子，看见了陶铮语，他正和顾惜持聊天，身边坐着一个姑娘。古修泉一看，认出是柳侍衣。他笑着对陶铮语说，陶总，今天不是一个人来？陶铮语说，你眼又没瞎，我是一个人还是两个人你看不清楚？古修泉说，我眼没瞎，只是意外。柳侍衣给古修泉倒了杯茶说，古总，你这是什么意思，我就这么上不了台面，是丢你人了，还是丢陶总人了？古修泉接过茶杯说，小柳这是说的哪里话，我是惊喜。我们陶总什么人你不知道？讲究。他肯带你出来，说明一个问题，你在他心里不是一般人。陶铮语说，古总，酒可以乱喝，话不要乱讲。姚林风说，陶总，怎么了，我们修泉哪里说错了？带小柳出来是委屈你了还是怎么的？陶铮语说，没委屈，荣幸得很。姚林风说，那不就结了，我们修泉说得句句在理。陶铮语说，好好好，你们修泉句句说得在理，是我不对。姚林风不依不饶地说，本来就是你不对，天天欺负我们修泉，做个甲方就这么了不得。柳侍衣说，好了好了，是我不对，我不该来。顾惜持笑了起来说，你们几个，见个面不斗几句嘴显不出聪明是吧？小柳好不容易来一次，你们别搞得小柳下不来台。柳侍衣说，大师，还是你心疼我。不过，你放心，我这脸皮比你想的还厚，他们这三句两句伤不了我。什么人我没见过，什么难听的话我没听过。陶铮语拉了拉柳侍衣的手说，我们不和他们一般见识。姚林风看了看陶铮语说，到底还是陶总有见识，小柳，你可得对我们陶总好点儿，要不然，我们可都不满意。柳侍衣脸红了一下说，哪里轮得到我对他好，对他好的人多了去了。斗过嘴，陶铮语说，大师，古总，这次真是感谢，你们帮了我大忙了。"福寿云台"这个项目，要不是两位出手相助，我这脑瓜子，实在想不出什么好主意。古修泉问，卖得怎样？陶铮语说，还不错，比想象的好多了。古修泉说，那恭喜陶总。陶铮语说，恭喜我们，卖得好，我们都好。顾惜持说，我们只是敲敲边鼓，出个点子，事情还是你做的。陶铮语说，这几天一直想约大家聚一下，表示感谢。想了几个地方，还是觉得望水斋好，清静，能说说话，都不是外人，不用应酬。就是麻烦大师了，实在不好意思。顾惜持说，客气了，都是自己人。我这里虽说人来人往，我还是喜欢你们两个，说不清的缘分。陶铮语扭过头对姚林风说，小姚，你别说我不好，知道你喜欢吃螃蟹，特意买了螃蟹，一斤多一只的肉蟹，我亲自挑的。姚林风说，陶总有心了，我替修泉感谢你。陶铮语说，关古总什么事。姚林风挎住古修泉的胳膊说，当然关修泉事了，你对他女人好，自然要谢你。陶铮语笑了起来说，这恩爱秀得登峰造极了。

酒饭吃完，古修泉和陶铮语坐在天台抽烟、喝茶。五个人喝了七瓶红酒，不多，也不少，微醺略加的量。姚林风和柳侍衣陪着顾惜持在楼下，看顾惜持写字画画。姚林风这段时间在学油画，报了班。这几年，也是奇怪，铁城到处都是搞艺术培训的。以前，多是家长陪着孩子，现在不同，不少成人班。姚林风报了一个，学了几个月，倒也像模像样的，行画的风格，大体的轮廓算是有了。她说等学好了，要给古修泉画一幅肖像，要大，装好框挂在他家卧室里，让他天天看着。柳侍衣站在旁边，看顾惜持画画、写字，漫不经心的，她对这个没什么兴趣。陶铮语和古修泉有事要谈，这个，她看得出来。刚喝完酒，古修泉的脸上有点热，风吹一下，舒服多了。陶铮语像是犹豫了下问，古总，我记得你以前说过，要做一个预案的，怎么个想法？古修泉说，你怎么想起问这个了？陶铮语说，凡事多预着点总是好的。古修泉说，这不像你的风格，你是那种一往无前的人，不大会给自己留退路。陶铮语说,那是以前,现在不同了,不做多几手准备,死都不知道怎么死的。古修泉说,那倒也是,有些东西,瞬息万变的。陶铮语问,能不能说说你的预案?古修泉说,不说了,不吉利。陶铮语说,古总,这就是你的不对了,我诚心诚意问你,你倒给我卖关子。古修泉说,真不是卖关子,确实不大吉利。陶铮语说,你倒是说来听听。古修泉抽了口烟说,你真要听,那我就说了。其实,我一直担心,你这神树要是死了怎么办?评选风水最好的楼盘这些,都无所谓,你说是就是了,查无实据的事情。神树不一样,它活生生摆在那儿,是就是,不是就不是。你可以说它各种神,各种好,前提是它得活着。它要是死了呢?陶总,不好意思,我可能想得太多了。陶铮语说,你说的这个问题我也想过,我的想法是先把事情做了,后面的事情总有办法。古修泉说,也对。话说回来,只要神树好好的,什么预案,也用不上了。陶铮语说,修泉,你明天有空到"福寿云台"看看吧。古修泉问,怎么了?陶铮语把烟头捻灭说,你看看就知道了。

古修泉在树下坐了一会儿,香案早就撤去,树身上的黄绸也拆了,只有树上挂着的红包和神符还在那里,还有鸟儿在树枝间跳跃。古修泉想起了"亭亭如盖"这个词，神树像一个巨大的盖子，盖在"福寿云台"。坐在树下，透过枝叶间的空隙，偶见光斑。树下落了叶子，半黄半绿。古修泉围着神树转了一圈，围基边上有几处燃尽的香烛，细细小小的，想必是有人来拜祭神树了。他甩了甩手，做了一套健身操。"福寿云台"盘不大，做得却精致，依山而建，留了水景。不大的湖面，周边种了芦苇和菖蒲，沿着湖边修了浮桥，高出水面两尺的样子。古修泉喜欢这样的水景，他去过不少小区，也都修了水景，硬邦邦的水泥岸，围着水面的是一圈大理石柱子和黑黝黝的铁链，活生生把人和水分离开来。这样的水景，不修也罢。在"福寿云台"散了会儿步，古修泉给陶铮语打了个电话说，我到了。陶铮语说，你稍等，我马上到。等古修泉重新转回神树下，陶铮语到了。见到古修泉，陶铮语问，古总，有没有感觉有什么不对劲的？古修泉说，挺好的，我刚在小区转了一圈儿，环境很好，水景尤其不错，这个价也值。陶铮语说，你不说水景还好，一说水景我一头的包，本来想法是做个生态水景，这个地方依山傍水的，融入自然嘛。古修泉说，有什么不对的？陶铮语说，不少客户说水景不安全，怕小孩玩水掉下去。古修泉说，那是鬼扯，要说安全，拉个铁链子就安全了？这么说要不不修，要不修了盖个盖子。陶铮语说，算了，不说这个了，扯不清楚。陶铮语领着古修泉围着神树又转了一圈说，古总，有没有发现什么不对劲的？古修泉笑了起来说，这么一会儿，你问我几遍了，我真没看出来。陶铮语指着神树说，你看看那叶子。古修泉抬头看了看，枝叶繁茂，地上几乎看不到光斑。古修泉说，没什么问题啊。陶铮语弯下腰捡起一片叶子说，神树掉叶子了。古修泉说，那么大一棵树，掉几片叶子有什么好大惊小怪的。陶铮语说，古总，你也不是外人，不瞒你说，神树叶子掉得越来越厉害了。每天天还没亮，我安排人扫过，要是不扫，地上怕是要铺一层。古修泉说，这么厉害？陶铮语说，要不怎么担心呢。神树请回来，我让小高看着，有什么风水草动及时和我报告。小高刚开始跟我说神树掉叶子，我想法和你一样，掉叶子很正常嘛。后来，小高领我看了，我也怕了，掉得太厉害了。按这个趋势，怕是要不了多久，叶子该掉光了。古修泉说，你的意思是，神树怕是不行了？陶铮语点了点头说，我看撑不了多久，费尽心思挖回来，请了林业局一帮专家伺候着，还是不行。古修泉说，那得想办法，不然怕业主闹事。虽然业主买房子各有各的想法，不定是冲着神树来的，毕竟不好看。陶铮语说，就是这个意思，要不怎么会请你过来看看。以前你说要做个预案，我猜你应该是这个意思。古修泉说，差不多吧。陶铮语问，具体怎么个搞法？古修泉说，趁神树还没死，还没露出死相，趁早把它砍了。陶铮语一惊说，砍了？古修泉说，嗯，砍了，不然你还有什么办法？到这个程度，救怕是救不活了。陶铮语说，古总，你真是不是自己花的钱不心疼啊，五十万买来的，还不包括运费、维护费。再说，把神树砍了，我怎么交代？古修泉一笑，叫你砍，自然有办法处理。做戏做全套，不外乎是找个理由罢了。你让小高把神树看紧点儿，有什么事情及时报告，办法我来想。陶铮语说，我叫小高过来。

等小高过来，古修泉问，你什么时候发现神树掉叶子的？小高说，前两个礼拜，那会儿还没开盘，我也不敢说。古修泉说，这几天掉得厉害吗？小高说，比以前是要厉害了。古修泉想了想说，你盯住神树，要是掉得太厉害了，及时跟我说。小高说，好的。说完，小高像想起什么了，望了陶铮语一眼。陶铮语说，有话直说，别吞吞吐吐的。小高说，陶总，古总，神树怕是真的不行了。古修泉说，这个还要你说，大家都看得到。小高说，前几天，我爸打电话给我，说老家那里出了点事情。陶铮语问，什么事情？小高说，我们把神树请回来，那个坑不是填上了嘛。前几天下了场雨，坑塌了进去，有四五米深，等雨停了，坑里面全是水。我爸说，那水血红血红的，又黏又稠，看着吓人。陶铮语没吭声。古修泉说，那是什么意思？小高说，我爸说，神树怕是不行了，它死在那儿了。古修泉说，人生一世，草木一秋，神树来到世上千年，也该回去了。树上悠悠落下几片叶子，落在古修泉和陶铮语面前。古修泉弯腰捡起一片叶子说，好事，也是好事。陶铮语说，古总，你就别在这儿寻开心了，我都快急死了，你还说好事。古修泉说，那要看你怎么看了，要说是好事，确实也是好事。都说人到七十古来稀，死了那也是喜丧。神树到世上千年，死了自然也是喜丧。陶铮语说，我不管喜丧不喜丧的，我只要业主不闹事就万事大吉。古修泉说，陶总，你换个角度想想。神树吸天地之灵气，定一方之风水。神树到了"福寿云台"，那是把灵气、风水也带到了"福寿云台"。现在神树要走了，神树要去哪里？当然是去天上。那么，神树千年的灵气就要散了，这灵气能散到哪儿去？"福寿云台"。这就是说，"福寿云台"的业主，因神树要得千年之灵气，这种福命，哪是一般人能得到的？陶铮语说，话是这么说，业主怎么肯？古修泉说，也不难，让他们再占点便宜，便宜占到了，也就消停了。说完，和陶铮语耳语了一番。听完，陶铮语说，也只能这么做了，死马权当活马医吧。

从"福寿云台"出来，古修泉径直去了望水斋。见到顾惜持，古修泉说，大师，有个事情怕是又要麻烦一下您。顾惜持说，难得见你说这句话，这个忙怕是不好帮。古修泉说，对别人来说，想帮这个忙怕也是有心无力，对大师来说，易如反掌。古修泉将神树的事情对顾惜持说了，顾惜持沉吟了一会儿说，怕也是只能这么办了，这事你和陶总讲过了吗？古修泉说，我刚从陶总那里过来，他急得很，生怕出事情。顾惜持说，那好，点子是我出的，帮忙收拾也是应该的。两人又聊了一会儿，到了午饭时间，顾惜持留古修泉吃饭。古修泉说，这次就不吃了，我怕一吃饭又舍不得走，手头一堆的事情。出了望水斋，路过西山寺时，古修泉停下车，到里面上了一炷香。西山寺如常的冷清，两个和尚搬了凳子坐在院子里晒太阳，灰色的僧袍像两片乌云，冰冷克制。下了山，古修泉去了红木坊，聊了会儿。红木坊的老板也是熟人，生意场的交往，私交单薄，见了却是热情，都是场面上的人物。铁城不产红木，红木的生意却做得全国闻名。前两年，铁城开红木博览会，展出过一张红木大床，手工的雕花，标价四千八百八十八万元。这张大床至今还摆在红木坊，镇场的宝贝。

过了大约半个月，陶铮语打电话给古修泉说，古总，时机差不多了，该做下一步了。古修泉问，有苗头了？陶铮语说，岂止有了，明显不过了，物业天天接到电话，业主都在问，是不是神树千年的寿到了，都说神树要升仙。古修泉说，那好，你等我，我过来看看，还在"福寿云台"。等古修泉开车过去，陶铮语和小高早等在那里了。一进门，远远地看到神树，古修泉看出不同了，叶子落了不少，和刚请进来时比，明显看得出少来。走到神树下面，地面上满是光斑，像在舞厅似的。在树下站了不到十分钟，叶子落了一片又一片，按这个速度落下去，要不了多久，神树就会秃了头了。古修泉问，还在打营养液？陶铮语说，还在打。又问小高，每天还在扫叶子？小高说，一天两次，天黑一次，天没亮一次，要不看不得。古修泉说，你天天看着，看得出区别不？小高说，看着倒也还好，天天扫叶子扫得心慌。古修泉扭过头对陶铮语说，陶总，你马上发一个正式的通知给业主，告诉业主神树千年的寿到了。等神树升仙，每家每户发一个神牌，用神树做的，可以刻自家的姓氏。神树千年的寿，一树的灵气，释了空大和尚还开过光，能得到一块神树做的神牌，那是多大的福气。陶铮语还是有些不放心，古总，这能行吗？古修泉说，文案我写好了，回头发给你，你套上你们公司的牌子就行。说完，对小高说，小高，你告诉物业，从明天开始，叶子不扫了，能落多厚落多厚，营养液什么的都不打了，也该送神树走了，不折腾了。小高望了陶铮语一眼，陶铮语说，按古总说的办。按古修泉的预测，停了营养液，神树撑不过一个礼拜。回了办公室，古修泉将早就准备好的文案发给了陶铮语。陶铮语打开看完，倒抽一口冷气，文人太可怕了。在古修泉的笔下，神树死了倒是天大的好事。神树一死，这千年的风水和灵气，就留在了"福寿云台"，谁都抢不走了。神牌简直就是圣物，凡人不配得之。陶铮语将文案稍加整理，发给办公室，让办公室立即发文到"福寿云台"物业，物业务必将文件发到每个业主手里。

古修泉再去"福寿云台"是在三天后，他想看看神树怎样了。和他预料的差不多，地上积满了叶子，踩上去软绵绵的。再往树上看，明显的稀疏了，像北方的树木入了秋。按这个速度，要不了半个月，估计叶子得落得一片不剩。让古修泉意外的是，树下多了些香案，沿着围基摆开，供了苹果和香烛。古修泉数了数，有十八张。古修泉走时，有业主正抬了香案过来。上了车，古修泉给陶铮语打了个电话说，陶总，我看到神树下摆了不少香案，怎么回事？陶铮语说，这个，小高和我说了，说是有的业主知道神树要升仙了，主动要送神树最后一程。古修泉说，这样，那倒好。又问，业主没闹事？陶铮语说，基本还算好，也有几个不讲理的，找公司扯皮，让物业送半年的物管也就消停了。古修泉说，那倒算是好打发。想了想说，陶总，等神树升仙了，我们做个法事吧，就当是给老人送终。陶铮语说，行，听你的。

神树落下了最后一片叶子，只剩下枝干空荡荡地挂在天上。古修泉和陶铮语站在树下，他们清楚地看清神树的每一根骨骼，它像一张愤怒的网，又像绞成一团的乱麻。陶铮语请了释了空大师，神树到铁城，是他主持的开光仪式。等神树升仙了，又是他来做的法事，倒也圆满。做完法事，两台吊车开进了"福寿云台"，神树被连根拔起。和请神树来时不一样，请神树来时，为了让它挪个地方，消耗了不少人力。这次，把麻绳系在神树腰上，挖开土方，吊车轻松地把神树吊了起来，似乎神树真的升仙了，变轻了。把神树搬走，另外一套作业班子迅速进了现场，在神树原来的位置，种了一棵大榕树。榕树好活，长得也快，也是风水树。铁城一带，古村落门口多有一棵大榕树。看到大榕树，意味着人家也近了。等神树上了车，古修泉走过去，捏了一把神树的根，根发黑，一捏一把的水，都烂掉了，神树能挺到今天，也是个奇迹。古修泉拍了拍手，又把手送到鼻子边闻了闻，酸里带着一股血腥味儿。车从"福寿云台"出来，去了红木坊。见了红木坊老板，陶铮语说，拜托了，神树就交给你了。和古修泉回来的路上，陶铮语问，古总，我们做得是不是过分了？古修泉揶揄道，陶总，这会儿觉得过分了？陶铮语不作声。古修泉说，算了，不过是棵树，也算是物尽其用。这么做，你也好交代，公司没什么损失。说到损失，陶铮语闭上了眼，他不想想这个问题。

　　预案古修泉早想好了，一直没有和陶铮语讲。神树还活着，讲这个没有必要。等神树不行了，他想，预案该启动了。从一开始，古修泉不太赞成陶铮语的想法，

135

费那么大周折搞一棵树回来，在古修泉看来，没有必要。等他看到神树，他确信，事情会搞砸。那么大棵树，算岁数也是高龄老人了，这么伤筋动骨的，谁都扛不住。他不能说。点子是顾惜持出的，自然有他的理由。他猜不透，也懒得猜。半个月前，在望水斋，古修泉和顾惜持、陶铮语三个人喝茶。那天，他们没有喝酒。陶铮语心情沉重，神树死了是个小事情，那点钱对公司来说也不算个事儿，何况房子都卖了。他想的是神树死了，对不起人，特别是小高。对神树的死，顾惜持什么都没说，好像事情和他无关一样。陶铮语问古修泉，老古，怎么办？古修泉说，我有个想法，不知道陶总赞不赞成？陶铮语说，都什么时候了，有想法你赶紧说。古修泉说，等神树死了，把神树砍了，做成骨灰盒。陶铮语一愣说，什么？古修泉慢悠悠地喝了口茶说，做成骨灰盒。陶铮语听清楚了，他说，古总，你不是开玩笑吧？古修泉说，在正事上，你什么时候见过我和你开玩笑？陶铮语看了顾惜持一眼。顾惜持冲了杯茶说，修泉，你说说看。你突然一下说做骨灰盒，太跳了，我也有点跟不上。古修泉说，大师，陶总，你想想，神树死了，你要是把它浪费了，那一钱不值，卖木头卖不了几个钱，也没多大意思。做成骨灰盒就不一样了，值钱。见陶铮语还有点回不过神，古修泉说，陶总，殡仪馆去过吧？陶铮语说，去过，到了这个年纪，身边动不动死个人，一年总要去几回。古修泉说，你看看那些骨灰盒，鬼知道什么材质，做工也粗糙，稍好一点的，也要几千块一个。要是把神树做成骨灰盒，那得多少钱一个？我们前面的戏做得那么足，不如再送神树一程，让它发挥下余热。陶铮语说，这个想法不错，不过，我们总不能去卖骨灰盒吧，好说不好听。古修泉说，直接卖当然不行，我想做个活动。人都要死，总要装在这个盒子里。陶总，你卖的是活人的房子，死人的房子也可以卖卖。顾惜持说，有意思了。古修泉说，我都想好了，过两天把方案发给你。你认识的人多，多发动一下，这点骨灰盒怕是不够卖。当然，到时场面上还有大师帮忙。搞完这个事情，算是做完全套了。

　　按照古修泉的设计，陶铮语让红木坊做了九十九个骨灰盒，用的红木坊最好的雕工。木质说实话算不上太好，做出来效果还不错。陶铮语拿它和殡仪馆的比较了一下，怎么说，也是真材实料，拿在手上，沉甸甸的，有质感。骨灰盒用的是神树的正料，不拼板。余下的枝枝桠桠，做了神牌，那是要送给业主的。做完这些，还有剩下的木料。陶铮语问古修泉，要不要多做点骨灰盒？古修泉说，陶总，不要贪，适可而止。骨灰盒就不做了，你想做什么做什么。陶铮语说，那再多做三个，给你、我、大师一人预留一个。古修泉笑起来说，那多谢了。多的木料，陶铮语做了椅子，送给公司的管理层。骨灰盒做好了，古修泉和陶铮语给身边的朋友打电话，都是铁城排得上号的人物，他们请了两百多人。

　　活动那天，古修泉请了铁城电视台的主持人，一男一女。主持词他早就写好了。把主持词交给主持人，主持人一愣，古总，你这是搞什么鬼？古修泉说，卖骨灰盒。主持人说，古总，我没主持过这种活动。古修泉说，没事，你照稿子念就行了，按程序推进。主持人笑了起来，古总，你这玩得太花了吧？古修泉一笑，花不花要看现场。主持人说，那我穿什么衣服？这种场合，不会穿啊。古修泉说，漂漂亮亮的，跟主持婚礼一样，怎么开心，怎么好看怎么来。主持人还是不放心，合不合适啊？古修泉说，合适，有什么不合适的。主持人一边看稿一边笑，×他妈的，这到底是个什么鬼。那天，天气晴好，是个周末。活动安排在下午，古修泉想的是活动搞完，一起吃饭。晚上搞的话，阴气重，让人紧张。下午就不一样了，温暖的阳光让人舒服，不忌讳谈谈生死。过了一点半，人陆续来了，古修泉和陶铮语站在门口接客。来人手里都拿着红色的请帖，笑着说，陶总，你这到底是个什么活动？神神秘秘的，也不肯透点口风。陶铮语握着手说，先进去坐，进去坐，一会儿就明白了。到了两点半，请的人基本都到了。古修泉和陶铮语在场里走了一圈，打过招呼，去了后台。活动在铁城最好的酒店搞的，摆了二十多围台，走廊和过道全是红黄蓝白的花篮。一进场，迎面看到舞台上一行大字"归途：生而为人，我很安慰"，仔细看下面还有一行小字"'福寿云台'扶贫助学慈善义卖"。音乐响起来，主持人走上舞台。

女士们，先生们，亲爱的来宾，大家下午好。我是今天活动的主持人 A。

我是主持人 B，欢迎大家的到来。

我想大家和我一样充满好奇。为什么我会站在这个舞台上，这到底是一场怎样的活动？

在开始我们的活动之前，我们先看一段录像。

投影打开。衣衫褴褛的山区孩子们坐在教室里读书。镜头切换，孩子们滑索道过江，沿着悬崖边的小道行走。

夜晚来临，借着灶门口微弱的火光，两个头发蓬乱的儿童在看一本卷角的书，旁边的粗瓷大碗里放着半个没有吃完的红薯。镜头摇开，屋里只有几张摇摇晃晃的桌子，床上铺着破旧的棉被。墙角里蹲着两位头发花白的老人，他们脸上皱纹满布如沟壑。画外音响起。

录像播完，现场一片沉寂，有些心软的女人拿着纸巾擦眼泪。古修泉走上了舞台。他脸色沉重地说，朋友们，先给大家道个歉。邀请你们过来，却没有说明为什么，这是我的错，我是故意的。我有点担心。我知道大家对慈善已经麻木，也参加过很多慈善活动，一说到慈善，大家会觉得，又是要钱来了。这次，不是。我想大家一进现场，应该看到了横幅上的几个字"生而为人，我很安慰"。这不是我的原创，太宰治在《人间失格》中写到"生而为人，我很抱歉"，我改了两个字。从"抱歉"到"安慰"，无非只是心安。在座的各位都是铁城的精英，代表了进步和文明的力量，对社会怀有更多的责任。我们过着富足的生活，但我们知道还有贫苦的人们挣扎着活在这世上。如果说，我们对成年人的痛苦可以视而不见，但我们却无法漠视孩子们的痛苦。人生充满苦痛，而我们把他带到这个世上，我不忍心。刚才大家看过录像，前几个月我去过那里，拍了这些录像，录像拍得不好，却都是真实的。我想帮帮这些可怜的孩子，所以我策划了这个活动。古修泉声音哽咽，几要泪下。等古修泉讲完，全场响起热烈的掌声。那掌声如此持久，让古修泉产生一种错觉，他真的是站在一场慈善活动的现场。这些细节，古修泉和陶铮语商量过。他对陶铮语说，直接卖骨灰盒，怕也不太好，搞成慈善形式吧。到时，你多少捐些就行了。走到后台，古修泉把话筒交给陶铮语说，陶总，该你上场了。陶铮语说，他妈的，我有点紧张。古修泉说，来不及紧张了，你按我写的稿子说就好了，前面我铺垫好了，你别砸场子。陶铮语整了整西装。主持人的声音响起，下面，我们有请陶铮语先生。陶铮语走上舞台，他从房子谈起，从住的房子谈到棺材，人生的归途。古修泉的稿子写得行云流水，陶铮语说得并不费劲，灯光打上来，陶铮语看不清台下的人，他像是对着模糊的幻象在演讲。讲完，回到后台。他对古修泉说，我一身的汗。古修泉拍拍陶铮语的肩膀说，讲得不错，剩下的交给大师。古修泉和陶铮语站在后台，看着顾惜持上场。古修泉给顾惜持准备了讲稿，顾惜持看过讲稿说，稿子不错，我不一定照稿子念。古修泉说，我只是整理个思路，大师随意发挥。顾惜持身着青衫，道骨仙风的。他一上台，还没有开口，掌声响成一片。听到掌声，古修泉对陶铮语说，放心，事情成了。顾惜持在铁城像一团空气，看不见，摸不着，又无处不在。没有这团气，谁都活不下去。坐在台下的这些人，十有八九和顾惜持有着千丝万缕的联系。顾惜持在谈人生，谈道，谈神树的历史和灵气，谈做人的福分和得失。等顾惜持讲完，主持人回到舞台，骨灰盒也推到了台上。主持人说，刚才顾大师也讲过了，神树充满灵气，一身福分，这么好的宝贝，全世界只有九十九份，只要八千八百八十八元，还做了慈善，没有比这更好的功德了。在舞台下方，四位工作人员已经到位，桌子上摆着刷卡机。古修泉安排好的几位客户率先走了过去，刷卡，抱起骨灰盒，登上舞台拍照留念。除开骨灰盒，手里还有一个金灿灿的捐资助学的牌匾。气氛调动了起来，顾惜持和古修泉、陶铮语在人群间缓缓走动，不时和周围的人说几句，眼角偶尔朝工作台瞟过去。围着工作台的人让他们放心了。大约过了一个小时，工作人员走到古修泉身边，轻轻说了句，古总，骨灰盒卖完了。古修泉给陶铮语打了个眼色，陶铮语点了点头。

招待晚宴上，古修泉和陶铮语都喝多了。等人群散去，他们两个互相搀扶着出门，天空满天星斗，照得他们两个的影子一长一短，一胖一瘦。古修泉指着月亮说，陶总，你说我们两个会不会遭天谴？陶铮语说，不会。古修泉问，为什么？陶铮语说，我估计老天爷把我们俩忘了。在酒店门口站了一会儿，古修泉想去望水斋喝茶。晚宴开始得早，不到六点就开始了，这会儿不过九点出头。以前这个时间，他们去望水斋喝茶，再平常不过的事。他想给姚林风打个电话，让姚林风过来接他们。顾惜持看了他俩一眼说，今天就别去了。古修泉说，大师，你今晚没喝什么酒，这么早就困了？顾惜持说，困倒不困，想静一会儿。顾惜持说完，古修泉酒醒了三分。顾惜持拦了个车说，我先走了。古修泉和陶铮语对视了一眼，感觉情况不对。两人说了句，大师，那您早点休息。等顾惜持走远了，古修泉掏出手机给姚林风打了个电话。给姚林风打完，又给柳侍衣打了个电话，让她帮忙留个房，说是和陶铮语一起过来唱歌。两人站在门口聊了十来分钟，姚林风到了。上了车，姚林风问，怎样？古修泉说，大获全胜，全部售罄。姚林风说，你这歪门邪道的功夫是日渐长进了。古修泉说，哪里是歪门邪道，这是商业，商业有商业的规则。陶铮语说，古总，除开费用，剩下的钱我做个主，捐一半，都拿回去，我吃不下。古修泉说，那多谢陶总了。

早上起来，古修泉脑袋疼得厉害。到了柳侍衣那里，他喝了半瓶红酒，脑袋一下子炸了，后面的事情他一点也不记得。姚林风靠在床边玩手机，见古修泉醒了，姚林风摸了摸他的额头说，醒了？古修泉说，头疼。姚林风说，你要是不头疼，那才是见了鬼。古修泉问，我好像也没喝多少。姚林风笑了起来说，你那叫没喝多少，是不记得了吧？古修泉说，确实不记得了，我就记得喝了点红酒，和柳侍衣开了个玩笑。姚林风说，你们两个，昨天晚上真是丢人。古修泉问，怎么了？姚林风说，红酒当水喝，一口一杯。这倒罢了，喝了哭，哭了闹，没个样子。古修泉说，一点也不记得了。姚林风说，你喝多了抱着我腿哭，陶铮语抱着柳侍衣哭，死了娘似的。古修泉说，不可能吧？姚林风说，怎么不可能？我还拍了照片，要不要看？古修泉连连摆手说，不看了不看了，丢人。姚林风说，也还好，除开发了点酒疯，倒也可爱。古修泉问，陶铮语怎么走的？姚林风说，我带你先走的，搞不清他们两个的状况。你还担心陶铮语，有小柳呢。

古修泉说，我没说什么过头的话吧？姚林风说，想娶我算不算？古修泉说，那不算。姚林风说，那就没有。聊了会儿天，古修泉又睡了，一直睡到下午。等他起来，姚林风走了，他肚子饿得厉害。

到了晚上，古修泉缓过劲来，一个人坐在书房发呆。书房里摆了长案，当书桌，又当写字台。平时在家，古修泉偶尔练练字，画一下画，不拿出去显摆。他那一笔字，还见不得人，这个他心里明白。他看过顾惜持的字，字有底子，格调不错，却还是缺了点什么，容易看散，气聚不起来。围着书房的是一圈书柜，满满当当的，大概有三四千册书。好些书买了回来，封皮都没拆开。他想，先买回来，有空再看。这一放，就再也拿不起来。古修泉起身，拆了两本书，书封上积了灰尘，用手一抹，灰黑的一层。随手翻了几页，又放下。古修泉手机响了，陶铮语打过来的。接了电话，古修泉问，陶总，有什么安排？陶铮语说，哪有什么安排，随便聊几句。古修泉说，醒了？陶铮语说，早醒了，我不像你，我还要上班。古修泉说，陶总到底身体好，我一天都没缓过劲来。陶铮语说，小姚厉害啊。古修泉说，屁，关她什么事。陶铮语说，不跟你扯了，我跟你说个事儿。古修泉说，你讲。陶铮语说，你还记得黄瘦骨吧？古修泉说，有点印象，搞书法的吧？陶铮语说，对。去望水斋这么多次，你不记得了？那字还是他写的。古修泉说，你一说我想起来了。陶铮语说，今天一早，他给我打了个电话。古修泉说，他无事端端给你打什么电话？陶铮语说，还真有事，他买了"福寿云台"的房子。古修泉"哦"了一声。陶铮语说，这个人真是个事儿精，一早打电话来闹事。古修泉说，怎么讲？陶铮语说，昨天我们不是搞了义卖吗，这事儿他知道了，一早要我送他一个骨灰盒。古修泉笑了起来说，你这骨灰盒倒成宝贝了。陶铮语说，骨灰盒是个小事，他说得吓人。他说，当初他是冲着"福寿云台"的风水和神树买的房子，神树死了，树是业主的，不能这么处理了。陶铮语一说，古修泉也有点紧张了，这确实是个事儿。古修泉问，那怎么办？陶铮语说，还能怎么办，送他一个，让他闭嘴。古修泉骂道，这个王八蛋。陶铮语说，这种人好对付，给点好处就成，沽名钓誉，想着法子占便宜。古修泉突然想起，骨灰盒做了九十九个，都卖了，哪里还有剩下的，连忙问，你这骨灰盒从哪里来的？陶铮语说，我另外做了几个。古修泉说，你把你的送给他了？陶铮语说，老古，

146

不瞒你说，我多做了十个，除开我们三个的，还有七个。古修泉说，陶总，你还留这手啊。陶铮语说，都是向你学的，留个后手，怕有什么人搞事。古修泉说，你这是成精了。陶铮语说，谢谢古总夸奖，我也不和你多说了，过两天约一下大师，我把骨灰盒给你们俩送过去。

隔了几日，古修泉去了望水斋，跟他一起的还有陶铮语、姚林风。他和姚林风先到，陶铮语来得晚些。见到顾惜持，古修泉笑着说，大师，你知道陶铮语今天约我们干吗吗？顾惜持说，该不会是给我们送骨灰盒吧？古修泉说，大师就是聪明，一猜就中，真的是给我们送骨灰盒。顾惜持说，这倒是占便宜了，八千八百八十八一个呢。古修泉笑了起来说，可不是，占大便宜了。等陶铮语到了，手里抱着两个骨灰盒，用绸布抱着。进了屋放下，陶铮语说，大师，古总跟你讲过了吧？顾惜持说，讲过了。陶铮语说，我知道他会讲，又在笑话我吧？顾惜持说，哪个会笑话陶总，这么贵重的礼物。陶铮语说，大师这就是笑话我了。说罢，把绸布打开说，准备了三个，我们三个一人一个，特别制作。骨灰盒摆在桌子上，雕龙刻凤，看得出花了功夫，面上刷了金漆，厚重古雅。古修泉端起骨灰盒说，做得漂亮。顾惜持摸了摸骨灰盒，仔细查看了上面的花纹说，这人都死了，还要这么讲究，真是折腾。陶铮语说，都是个意思，也没什么，好赖都是一世。姚林风见状，凑过来说，陶总，你这就偏心了，为什么没有我的？陶铮语说，你和古总共一个就行了，这个就不要贪心了。姚林风说，哪个死了要和他放一起，脏得很，经常几天不洗澡。陶铮语说，烧了都一样，都干净。几人热热闹闹聊了一会儿，上桌吃饭，酒菜都是顾惜持准备的，清清淡淡，说是给他们洗洗肠胃。

饭罢，把茶台搬到天台，继续喝茶。几泡茶下去，顾惜持突然说，看到小陶送来的骨灰盒，我想起一个人来。古修泉和陶铮语望着顾惜持，等他说话。顾惜持说，小陶，我记得你以前给我讲过一件事，说有个小姑娘被害了，一直没有破案，现在怎样了？陶铮语说，还是个谜案，去年公安部搞了个清网活动，这个案子送上去了，作为重点督办案件，也没有什么进展。顾惜持说，这么说，这个案子破不了了？陶铮语说，也不是说破不了，难度大。当年没有破案，也没什么线索，这么多年过去了，想破案怕是更难了。顾惜持说，可怜了孩子。陶铮语说，大师不说倒好，一说这个案子，我沮丧得很。做那么多年警察，也算有点成绩，大案要案破了不少，这个案子我花心血最多，却一无所获。顾惜持说，这大概是命。陶铮语说，也只能这么想，想起来心里还是不舒服。顾惜持说，你把那孩子的名字告诉我，我给她念念经，让她早日超生。陶铮语说，那谢谢大师了。陶铮语把名字说了，顾惜持默默念了几遍，转了个话题问，你现在还做噩梦吗？陶铮语说，偶尔，比以前好多了。顾惜持说，那就好，该忘的，把它忘了也好。聊完这个话题，古修泉说，大师，我有个想法，和你商量一下。顾惜持，就你鬼点子多，各种想法。古修泉说，这个和大师有关。顾惜持说，哦，这倒是有趣了，还和我有关。古修泉说，大师，你看，你在铁城这么高地位，人人都看重你，要不我们一起做点事情？顾惜持说，我一个乡野闲人，哪里能干什么事情，你要做事你找陶总，他和你做搭档好。古修泉看了陶铮语一眼说，这事陶总要是想参与，也可以。陶铮语说，还关我的事？古修泉说，要关也能关得上。顾惜持说，你说说看。古修泉说，大师，那我就直说了。这些年禅修特别流行，我周围有一帮朋友，每年总有十天半个月去寺庙里搞禅修，说是修身定性，对身体对思维都有好处。大师是得道高人，要是肯出面，这是我们的福分。顾惜持说，你这是什么意思？古修泉说，大师，要是你肯出面，我想搞个禅修馆，在铁城把这一块儿做起来。古修泉说完，陶铮语连连点头说，这个点子不错，场地这块儿我可以想办法。顾惜持说，这些我倒也听说过，费用不低吧？古修泉说，那是相当的高。大师放心，别的我和陶总来搞，你只要出面就行，收益这块儿大师放心，我和陶总的人品大师应该还信得过吧。顾惜持想了想说，修泉，还是算了，我不是做这个的料，也不想折腾了。有你和小陶经常过来陪我聊聊天，我就很开心了。古修泉还想说点什么，姚林风给古修泉使了个眼色。古修泉端起茶杯说，大师，当我胡说了，喝茶，喝茶。

卷三：柳侍衣簪花图

　　安史之乱后，提倡所谓"文治"，宴游的风气从此大开，奢侈之风成为天宝以后崇尚的风尚。到了贞元年间，这种风气更为突出。杜牧当时这样描述：至于贞元末，风流悠绮靡。周昉的《簪花仕女图》描绘了在奢靡风气支配下的唐代官廷仕女嬉游生活的典型环境。画作不设背景，以工笔重彩绘仕女五人，女侍一人，另有小狗、白鹤及辛夷花点缀其间。全图六个人物的主次、远近安排巧妙，景物衬托少而精。两只小狗、一只白鹤、一株辛黄花使原本显得孤立的人物产生了左右呼应、前后联系的关系。半罩半露的透明织衫，使人物形象显得丰腴而华贵。浓丽的设色、头发的钩染、面部的晕色、衣着的装饰，都极尽工巧之能事。

《簪花仕女图》是全世界范围内唯一认定的唐代仕女画传世孤本，是典型的唐代仕女画标本型作品，是能代表唐代现实主义风格的绘画作品。《簪花仕女图》这种仕女画风格在当时画坛上颇为流行，极大地影响了唐末乃至以后各朝代的仕女画坛和佛教艺术。

唐 @ 周昉:《簪花仕女图》

柳侍衣不是原名，她姓柳。家住长江边上，环村种满了柳树，一到春天，嫩柳如烟，枝条摇摆。全村的人都姓柳，没有杂姓。前些年，村里续过一次族谱，追根溯源，据说祖先来自江西赣州某村。去过那里的老人说，还没进村，远远看见一棵柳树，大而招展。去的时候已是初冬，柳树的叶子落得干干净净，细瘦的枝条弯成曲线。离柳树不远，有个池塘，池塘干了，露出池底的黑泥。靠近池塘边线，泥土被翻开了，那是有人挖过泥鳅黄鳝。进了冬，稻田和池塘都干了，泥鳅和黄鳝藏在黑泥里，挖开一看，肥肥胖胖的，炒来吃是一道好菜。柳姓自江西赣州开枝散叶，到了新地方，种上柳树，说是为了纪念。如今的年轻人不知道这些来历，柳树照种，池塘河边上都是，图的好看。柳侍衣在家里排行老四，上面三个姐姐，下面还有三个妹妹，号称"七仙女"。姐妹七人，长得如花似玉，聪明伶俐。她爸唉声叹气三十多年，从她大姐出生叹到她最小的妹妹成人。后来不叹气了，原因简单。七个女儿要么嫁得好，要么能赚钱。总之，日子好过了，多年无子受过的气，一吐而尽。柳侍衣家的楼房盖了七层，七姐妹出的钱。七层高楼树在村里，引得不少人眼红，都说柳侍衣她爸有福气，生了七个成器的女儿。都说如今养儿子不行了，养了儿子，还得带孙子，一代一代没完没了，受不完的罪。养女儿反倒好了，拿进来的多，拿出去的少，还少了闲事。柳侍衣几年没回家，按时寄钱。刚出来那几年，每年过年，不管多难，柳侍衣回家，怕爸妈在家孤寂。后来发现不对劲，爸妈除开要钱，没什么话跟她说，也不问她过得怎样。偶尔问一句，也是催她结婚。爸妈看着她，像是看着一个提款机，想的是能不能提出钱来。他们一脸讨好地望着她，哈巴狗一般，柳侍衣看着难过。不回家了，钱照寄，大家都满意。她爸妈落得省心，她得了自在。电话每月还有一两个，说不上话，问问吃喝，说句注意身体了事。在柳侍衣看来，每月这两个电话也没别的意思，相互报个平安，知道都还活着，这就够了。

刚到铁城，柳侍衣进了工厂。那些年，铁城开了数不清的玩具厂，产品远销世界各地，欧美亚非随处可见铁城生产的玩具。除开玩具，铁城的袜子和牛仔裤也是名扬四海。柳侍衣在全国各地都买过铁城生产的袜子。她进的第一家工厂就是做袜子的，天天坐在流水线前，蹲着像一只鹌鹑。干了半年，柳侍衣不干了，她受不了。她决定去深圳找她大姐。到了深圳，柳侍衣对她大姐说，姐，我想找个工作。她大姐说，我帮你找人进工厂。柳侍衣说，姐，我不进工厂，太累了，受不了。她大姐说，那你想做什么？柳侍衣说，做什么都成，反正不进工厂。她大姐说，你要文凭没文凭，要技术没技术，除开进工厂，你还能干什么？柳侍衣说，姐，你也没文凭没技术，那你做什么？她大姐是她家最先赚到钱的，吃穿用度阔气得很。听柳侍衣说完，她大姐说，四伊，钱不好赚。四伊是柳侍衣的原名，自她以下，几个妹妹按排行加个"伊"字就成了名字。柳侍衣说，姐，你干什么我干什么。听柳侍衣说完，她大姐没说话，只带着柳侍衣吃喝玩乐了一个礼拜。每天晚上，天黑了，她大姐带她出门，跟着一帮男人吃喝，也有女的。跟了几天，柳侍衣看出点端倪来了。她想问她大姐，忍住了没问。过了一个礼拜，她大姐说，四伊，你还想跟姐一起干吗？柳侍衣想了想说，我试试。她大姐说，那好吧，晚上你跟我去上班，你先看看。

傍晚吃过饭，六点来钟，她大姐去了间小店做头化妆。做完头，化好妆，她大姐带着她进了夜总会。服务生还在做清洁，她大姐带着她进了包间。进去一看，里面坐了十几个和她大姐一样化好了妆的女子。有的拿着手机在看，有的在打电话，还有的在聊天。柳侍衣和她大姐找了个靠边的地方坐下，有人过来指着柳侍衣问，哪里来的妹子？她大姐说，我妹，带她来看看。来人说，长得还蛮标致。她大姐压低声音跟她说，你没事别乱走，晚点等我电话，我叫你，你再出来。九点多钟，她姐出去了。过了大约半个小时，她姐打电话给她，四伊，你出来，到"巴黎"房来。等柳侍衣找到"巴黎"房，她姐站在门口了。她姐说，四伊，你想好，是不是真要去？柳侍衣说，来都来了，看一下也好。她姐说，你要是不习惯，悄悄和我说一声，我来处理。柳侍衣说，好。进了房间，一群人在喝酒，有男有女。她大姐带着柳侍衣到一个瘦高的光头边上坐下说，陈总，我妹妹，刚到深圳，以后还请多多关照。光头看了柳侍衣一眼说，亲妹？她大姐说，亲妹，这还能有假的。光头说，假的多了，动不动亲妹、双胞胎的哄抬市价。她大姐说，亲亲的亲妹，要是有假，想怎么样陈总你说了算。柳侍衣坐了下来喝酒。酒喝到凌晨，柳侍衣有点醉了，一双手在她胸前摸索，她看了看她大姐，她大姐靠在沙发上，一颗硕大的光头埋在她大姐怀里。下了班，回到家，洗完澡，柳侍衣清醒了。她大姐问，你现在知道大姐是干什么的了吧？柳侍衣点了点头。她大姐说，还想干吗？柳侍衣说，给哪个摸不是摸，又掉不了一两肉。她大姐说，不仅是摸。柳侍衣说，我知道。她大姐问，你还是处女吗？柳侍衣说，早不是了。她大姐说，那还好。

在深圳待了半年，柳侍衣去了东莞。两年后，柳侍衣回了铁城。

回到铁城的柳侍衣很快风生水起，她的名字在风月场上四处流传。和刚来铁城相比，柳侍衣蜕去了乡下的土气，洋气起来。她胖了点儿，原本枯瘦的身材玲珑有致。柳侍衣不高，一米六三，体重五十一公斤，不胖，有一对深藏不露的巨乳。穿上衣服不显山露水，脱掉一握，满满当当的，给人惊喜。那时柳侍衣还叫"露露"。她崇拜梦露，性感女神，集万千宠爱于一身。柳侍衣重回铁城，常来给柳侍衣捧场的有个教授，名叫夏侯淳，研究明清文学。夏侯淳四十出头，长得矮壮结实，像短跑运动员。第一次见到柳侍衣，夏侯淳问柳侍衣名字，柳侍衣说，露露。夏侯淳说，你们这些名字，真是没一点气质，恶俗之至。柳侍衣说，怎么叫气质？夏侯淳说，俗气，不搭。柳侍衣"哼"了一声，本来就是个露水的场合，还讲究名字真是多余了。夏侯淳礼貌，偶尔把手搭在她肩膀上，更过分的动作没有。一场酒下来，柳侍衣对夏侯淳有了点好感。虽说是见惯了各色人等，偶尔碰到个讲究的，感觉还是舒服，她见过太多粗野的场合了。把酒泼女孩子脸上，算是客气的。让女孩子倒立过来，往下体灌酒要人舔的，见过不是一次两次。临走，夏侯淳问，下次怎么找你？柳侍衣说，不说下次了，能碰到是缘分，下次的事下次再说。夏侯淳说，你这是不让我找你了？柳侍衣说，你来我就在这儿，跑不了。夏侯淳说，那也是。送走夏侯淳，柳侍衣想，又一个，想偷腥又抹不下面子，活该。她喜欢痛痛快快的，一手给钱，一手给人，两不相欠。小姐和客人的故事，从古到今没几个好的，最终吃亏的还是女人。这个道理，从她入行那天起，她大姐就给她讲了。再见到夏侯淳，柳侍衣有点意外，包厢里只有夏侯淳一个人。柳侍衣笑着，怎么是你？夏侯淳说，找你可不容易。柳侍衣说，你这不是找到了吗。两人喝了一打啤酒，夏侯淳说，你陪我出去吧。柳侍衣说，我还没下班。夏侯淳说，我包了。柳侍衣暗想，这就对了，本来就是个简单的关系，不要搞复杂了。

开了房，上过床，还早。两个人躺在床上说话，夏侯淳点了根烟，给了柳侍衣一根。夏侯淳说，你知道我为什么找你吧？柳侍衣说，我哪里知道，男人的想法千奇百怪。夏侯淳抽了口烟说，你长得像我一个学生。柳侍衣说，这么说有故事？夏侯淳说，也说不上故事，有点说不出口。柳侍衣说，有什么说不出口的，男男女女的，不外乎那点事儿。她摸了一下夏侯淳说，它还蛮乖的。刚才，夏侯淳对她温柔，老江湖了，技巧娴熟，柳侍衣都高潮了。夏侯淳说，我那个学生，聪明，不光样子和你像，说话神态也像。柳侍衣笑了起来，不是这么简单吧。夏侯淳说，不瞒你说，我一直想搞她，也不是没机会，始终放不下老师的身份，煎熬得很。柳侍衣说，那你还算是个好老师。夏侯淳说，好就不敢说，还算有点良知吧。柳侍衣问，你真是老师？夏侯淳转过身，拿起床头柜边的裤子，掏出名片夹，抽出一张名片递给柳侍衣。柳侍衣接过一看"夏侯淳　教授"。柳侍衣说，原来你是教授，失敬了。夏侯淳说，你心里在笑我吧，身为教授，却干这些勾当。柳侍衣说，教授也是男人，哪种男人我没见过，一脸的道貌岸然，一肚子的男盗女娼。夏侯淳说，人总是有些原始的欲望。柳侍衣说，你做教授研究什么？夏侯淳说，明清文学，很枯燥的。柳侍衣说，我没读过书，搞不懂。夏侯淳说，干什么都差不多，混口饭吃。说罢问，露露，你叫什么名字？柳侍衣说，真想知道？夏侯淳说，不想就不问了。柳侍衣想了想说，柳四伊。夏侯淳问，哪几个字？柳侍衣说，柳树的柳，一二三四的四，所谓伊人，在水一方的伊。夏侯淳说，这个名字倒是奇怪得很。柳侍衣说，也不奇怪，我家七姐妹，到了我老四，我爸给起了个四伊，我还有三个妹妹，叫五伊、六伊、七伊。夏侯淳笑了起来，那露露算艺名？柳侍衣说，哪能算艺名，顶多是个花名，干我们这个的，名字连代号都算不上。夏侯淳说，我给你起个名字吧。柳侍衣说，你倒还会起名字了，别是你学生的名字吧？夏侯淳说，怎么会。《红楼梦》你看过吧？柳侍衣说，翻过几页，看不进去。夏侯淳说，《红楼梦》里有四个小姐，分别是元春、迎春、探春、惜春，连起来是"原应叹息"的谐音，她们四个分擅琴棋书画，有四个贴身的丫鬟叫抱琴、司棋、侍书、入画。你叫柳四伊，不妨改一下，就叫柳侍衣，和你的职业贴切，也好记，便于传播。柳侍衣问，哪两个字？夏侯淳说，侍候的侍，衣服的衣。柳侍衣说，你这意思倒是明了，侍候人宽衣解带。夏侯淳说，这个名字也雅致。柳侍衣说，我再想想。

柳侍衣改了名字，名片上印着"柳侍衣"，这个名字一直用到现在，成了铁城一张著名的名片。经常有人拿着柳侍衣的名片说，这个名字好，光看这个名字就能下半斤酒。占了名字的便宜，再加上柳侍衣本就长得好，柳侍衣艳名远播，很快组织起了自己的队伍。因着这个名字，柳侍衣常常想起夏侯淳来，她想再见到他，给他一张她的新名片。夏侯淳没再来找柳侍衣，最后那一面，柳侍衣给夏侯淳留了电话。她以为他会给她打电话，再来找她，他们有过一个美好的夜晚，愉悦的欢乐。夏侯淳消失了。再次看到夏侯淳是在一张报纸上，夏侯淳的照片放得很大，他的眼睛明亮。柳侍衣以前没有注意到那双眼睛，她看到的是他的小腹，有六块光滑的腹肌。柳侍衣想，他应该已经忘记她了，但他也许永远无法忘记他的女学生，那个他一直想搞的女学生。

　　在铁城这么多年，柳侍衣长见识了。铁城虽是个小城，该有的一样不缺，龙蛇混杂。长期厮混在风月场上，柳侍衣早年的青涩一褪而尽，她的阅历和脸色一样成熟起来。从黑帮老大到政府官员，从失意青年到江湖浪子，一群一群的人从她身边经过，如过江之鲫。老的一波像韭菜一样割掉了，新的长出来，同样的表情和笑，同样的啤酒和姑娘，周而复始，循环不已。流水的姑娘，铁打的柳侍衣，站在这个行业的塔尖上，柳侍衣偶感荒凉，她看不到什么东西了，铁城对她来说，没有秘密可言。她见过太多的人风光，又跌下来，猪狗不如。她在黑夜工作，人们在黑夜里交换秘密和良心，她是那个旁观作证的人。这些年，柳侍衣谈过三次恋爱，堕过两次胎。一次是男朋友的，另一次她不确定。她的性生活比旁人想象的少。好几年了，她几乎不陪客人过夜，手底下有的是各色的姑娘，不用烦劳她。即使在早期，柳侍衣也挑客，看不顺眼的，给再多的钱也不行。她已经够委屈自己了，不能再委屈了。大约是因为这个原因，来找她的客人多，都说她的×金贵，不是谁都能×得上。江湖传言柳侍衣紧致如处女，活儿好，能让人飞起来。这些传言传到柳侍衣耳朵里，她一笑置之，狗屁。风月场上，人心难测，都互相提防着，能说话的人少。柳侍衣和古修泉说得上话，有些惺惺相惜的意思。每次古修泉来找她，柳侍衣高兴。古修泉面上看着闹腾，其实极有分寸，说话做事细致温润。至于陶铮语，那是老相识了。

认识陶铮语那会儿，柳侍衣刚回铁城不久，正是打天下的时候。她整天领着一帮姐妹穿梭在各种酒局，不光上班喝酒，下班之后还经常跟着客人出去消夜。一起出去的姐妹，有的消夜后跟客人走了。大家心照不宣，从夜总会跟客人走，妈咪要抽水。消夜走，省掉的水钱都是自己的。柳侍衣出来吃消夜，为了喝酒。在夜总会里喝，那是工作。出来喝，是为自己喝，也不用客气。见到陶铮语那晚，柳侍衣特别想喝酒。上班前，大姐打电话给她，说要嫁人了。柳侍衣问，嫁给谁？大姐说，你没见过。柳侍衣问，人怎么样？大姐说，有钱。柳侍衣说，我没问有没有钱，我问人怎么样。大姐说，他大方得很，每次小费都比别人给得多。柳侍衣说，客人？大姐说，我们要结婚了。柳侍衣说，大姐，你怎么教我的，忘了？大姐说，你要是有空，过来喝酒。柳侍衣问，你和爸妈说了没？大姐说，摆酒我通知你。柳侍衣问，你们到底什么情况？大姐说，他老婆死了两年了，娃儿都成年了，在国外。柳侍衣说，老头儿？大姐说，我算是有个着落了，你要为我高兴。说罢，把电话挂了。柳侍衣心里难过。大姐以前有个男朋友，她见过。两人好了四五年，分分合合好几次。每次一谈到男朋友，大姐就哭，哭得撕心裂肺。男朋友对她好，对她越好，她大姐心里越难过。她大姐一难过，柳侍衣跟着一起难过。那天一起喝酒的都是派出所的，夜总会在辖区内，来来往往，所里的几个年轻警察都认识了。看到陶铮语，柳侍衣眼生，陶铮语眉头紧锁，心事重重的样子。喝到两三点，柳侍衣快醉了。她不想再喝了，想找个男人睡觉。其他人不合适，辖区警察不敢沾这个是非，万一出点事，说不清楚，会连累工作和前程。她对陶铮语说，陶警官，你送我回去吧，我一个人回去怕。话说出来，暧昧得很。周围的人都笑，陶铮语有点尴尬，还是站了起来，拦了辆的士。

到了小区门口，吹过阵风，柳侍衣热热的脸凉了些，她伸手挽住陶铮语，往陶铮语肩膀上靠了靠。陶铮语说，你喝得太多，没见过女孩子喝得那么猛的。柳侍衣说，你心疼？陶铮语说，轮不到我心疼你，大把人想心疼你。

柳侍衣说，你这么说倒也对，你们这些男人，千方百计哄女人，为的不就是那十几分钟。陶铮语说，不见得。柳侍衣说，怎么不见得，我见的男人都这样。陶铮语说，那是你工作的原因。柳侍衣挽着陶铮语在小区里绕了一圈，陶铮语问，还没到？柳侍衣说，没到。陶铮语说，还真远。柳侍衣说，你陪我走一会儿，我想找个人说话。陶铮语说，你说吧，我听。柳侍衣说，今天我大姐打电话给我，说要结婚。陶铮语说，结婚是好事情，有个着落了。柳侍衣说，我大姐和我一样。陶铮语说，那更要恭喜。柳侍衣说，恭喜个屁，嫁了个老头。月白风清的，小区的榕树一团黑黝黝的阴影。陶铮语说，我们走了两圈了。柳侍衣说，那你再陪我走一圈，要不我们去喝酒也行。陶铮语说，不了，喝不动了。柳侍衣捏了下陶铮语的手，她感觉到陶铮语的手紧缩了一下，指尖碰到了她的手心。走到楼下，柳侍衣转过身站在陶铮语面前说，我要上去了。她等着陶铮语说话，如果他要上去喝杯茶，她是不会拒绝的。陶铮语说，好的，你早点睡。柳侍衣有点意外，两人喝了一晚上酒，他送她回来，又在小区散了这么久的步，是头猪也该明白她的意思了。柳侍衣说，不上去喝杯茶？陶铮语说，喝了一晚上酒，涨得很，喝不下了。再说，我喝了茶，晚上睡不着。柳侍衣笑了起来说，那上去尿个尿吧，别涨坏了。陶铮语说，算了，一会儿我随便找个地方，男的方便。柳侍衣说，你怕我睡你？陶铮语说，我有什么好怕的。站在楼下聊了一会儿，陶铮语还是没有上去的意思，再纠缠下去就没意思了。柳侍衣给陶铮语留了电话，上了楼。回到房间，柳侍衣脱了衣服躺在床上，她的身体发热。她渴望有个男人，她想做爱，疯狂地浪起来。她有好久没享受过美好的性生活了。如果陶铮语跟她上来，柳侍衣相信只要五分钟，她能把他的衣服脱掉，让他乖乖地躺在床上。柳侍衣闭上眼睛，弓起腰，微微打开双腿，她的手指摸索着伸了进去，温热湿润的暖。她咬着嘴唇，加大了力度，小腹和子宫深处的激流跟着手指一起荡漾，柳侍衣绷直了双腿，发出母兽般的嘶叫。

第二天中午，柳侍衣醒来，她的衣服扔在地板上。想起昨晚的情景，柳侍衣脸热了一下。她拿起手机看了看，没有人给她打电话，她看了看陶铮语的信息"后悔，算了"。柳侍衣把信息删了。再见到陶铮语在五天后，他们又在一起喝酒。看到柳侍衣和陶铮语，周围的人朝他们两个挤眉弄眼的，想来他们把那个夜晚想得太美好了。

柳侍衣坐在陶铮语边上，陶铮语给她倒酒、夹菜，呵护有加的。柳侍衣不动声色，陶铮语也是一副若无其事的样子。喝完酒，这次不用提醒，陶铮语主动送柳侍衣回家。还是到楼下，陶铮语和柳侍衣聊了几句，走了。来往几次，柳侍衣想睡陶铮语也不知道该怎么开口了。熟了起来，睡不下去了。这样也好，有个人说说话。柳侍衣还是有点不甘心，她相信她的长相和身材能够激发男人的欲望。她已经表现得那么清楚明白了，陶铮语不可能不懂得她的心思，除非他是个傻瓜。他不可能是个傻瓜，柳侍衣相信陶铮语是个聪明人，这从他和朋友们的交往可以看得出来。

　　柳侍衣约陶铮语吃饭。电话里她说，陶警官，晚上有空没？一起吃个饭。陶铮语说，我倒是有空，你不用上班吗？柳侍衣说，我今天休息。陶铮语说，那好吧，还有谁？柳侍衣说，你来了就知道了。陶铮语问，哪儿？柳侍衣说，我家，今天我下厨。陶铮语说，不会吧。柳侍衣说，怕我做得不好？陶铮语说，不是那个意思。柳侍衣说，那你来好了。挂掉电话，柳侍衣起身穿衣服，准备刷牙洗脸。她刚刚睡醒。约陶铮语吃饭，纯属临时起意。柳侍衣光着身子进了洗手间，头发蓬松慵懒，她看见她的乳房，挺拔圆润，乳头有着新鲜的吞拿鱼的颜色。收拾完毕，柳侍衣去菜市场买菜，她买了两只肉蟹、一斤羊肉、八两花螺和一包娃娃菜。回到家，柳侍衣打电话给楼下的超市，送了两件啤酒上来。把啤酒塞进冰箱，柳侍衣笑了起来。家里太久没有收拾了，有些地方蒙满了灰尘，柳侍衣细细做过清洁。等屋里窗明几净，该做菜了。做完菜，六点多钟。柳侍衣给陶铮语打了个电话，陶警官，你什么时候到？陶铮语说，快了，在路上了。柳侍衣换了套衣服，上身穿了宽松的小背心，下身穿着热裤，刚刚盖住大腿根部。想了想，柳侍衣把文胸脱掉了。换好衣服，柳侍衣给陶铮语发了楼下门禁的密码和房号。她坐在沙发上，泡了杯茶，她想先喝杯茶。过了一会儿，门铃响了。柳侍衣从猫眼里看了看，陶铮语站在门口，眉头像往常一样紧锁着。他穿着警服，扣子扣到脖子。进了门，陶铮语扫了房间一眼说，人都没来？柳侍衣说，齐了。陶铮语说，就我们两个？柳侍衣笑了起来说，你还怕我吃了你不成？陶铮语说，有点意外。柳侍衣说，我去端菜，你先坐。柳侍衣转过身去端菜，她的大腿又长又直。小背心和热裤轻薄，透过衣裤，能看到里面的肉色。柳侍衣想，应该能把陶铮语的眼光牵过来，就像牵着一根绳子。等柳侍衣把菜端上桌，陶铮语端端正正坐在沙发上，不自在的样子。柳侍衣说，你不怕热啊，还戴着帽子。陶铮语把帽子摘了说，是热，一头的汗。上了桌，把啤酒倒上，柳侍衣说，陶警官，你好像很紧张。陶铮语说，第一次到女孩子家里吃饭，还是一个人，有点不习惯。他的目光扫了柳侍衣胸前一眼，又迅速地移到桌面上说，这么多菜。柳侍衣说，慢慢吃，反正也没什么事。几瓶酒喝下去，陶铮语自如了些，他脱了警服外套说，好久没这么吃过饭了。柳侍衣说，舒服吧？陶铮语说，舒服。柳侍衣说，我也好久没做菜了。

说话间，两人聊到了工作。陶铮语说，小柳，我有点想不通。柳侍衣剥着螃蟹放到陶铮语碗里说，哪里想不通了？陶铮语说，你为什么要做这份工作？柳侍衣说，还能为什么，生活呗。陶铮语说，要是为了生活，办法多得很。柳侍衣笑了起来，陶警官，你不是要劝我从良吧？陶铮语说，我不是这个意思。柳侍衣说，男人有几大傻，你知道吧？陶铮语说，不知道你说哪个。柳侍衣说，别的我记不全，有一句我记得"劝小姐从良"。陶铮语说，你不要这么说。柳侍衣说，好了好了，不逗你了，喝个酒还这么多想法。陶铮语说，我在铁城有些朋友，你要是想找个正经工作，这个忙我帮得上。柳侍衣跳过话题说，陶警官，你有没有女朋友？陶铮语说，有。柳侍衣说，你女朋友有没有说你没情趣？柳侍衣一说，陶铮语想起来，这话陶慧玲说过。陶铮语说，还真说过。柳侍衣说，你这个人，确实没什么情趣，好生生约你吃个饭，非要说这么些煞风景的。陶铮语举起酒杯说，不说这个了，喝酒。柳侍衣和陶铮语碰了下杯说，这就对了。冰箱里的酒一瓶瓶的少，两个人愈发轻松起来。外面黑了，柳侍衣开了灯，她喝得有点涨了，上了趟厕所。她的脸红扑扑的，两只乳房微微发胀。回到餐桌，柳侍衣站着给陶铮语倒酒，她的腰微微弯着，陶铮语顺着她的脖子看进去。柳侍衣看到了，她装作没看见，她有两只让人惊喜的乳房，她想让陶铮语看见。陶铮语灌了杯酒说，我有点热。柳侍衣说，我把空调开低点。陶铮语说，不用，够了。他往椅子上靠了一下说，小柳，你知道我是干什么的吧？柳侍衣说，知道，警察。陶铮语说，我跟你说个事儿，你不要跟别人讲。柳侍衣放下杯子看着陶铮语。陶铮语说，前几天我去刑场看执行，有个犯人被枪毙了。柳侍衣说，坏人被枪毙了活该。陶铮语说，我以前也这样想，真看到那个场景，我突然有点害怕。柳侍衣说，你是个警察，有什么害怕的。陶铮语说，那个人是我亲手抓的。那么坏一个人，嘴巴硬得很，审讯时满脸的不在乎，一副生死无所谓的样子。一上刑场，不一样了。柳侍衣说，怎么不一样了？陶铮语和柳侍衣碰了下杯说，软得像一摊烂泥，扶都扶不起来，屎尿拉了一裤子。柳侍衣说，活该，哪个要他做坏事。陶铮语摇了摇头说，你不懂。看到他被枪毙，我差点尿裤子了。一个大活人，一声枪响，说没就没了。这几天我做梦，老是梦到他，向我索命，几次吓醒了。柳侍衣说，你放松些，这不关你的事。陶铮语说，话是这么讲，怎么能不关我的事，是我把他抓回来的，我用他的命换了一个嘉奖。柳侍衣给陶铮语倒上酒说，陶警官，我们换个话题好不好，你吓到我都不敢一个人睡了。陶铮语说，对不起，我不该给你讲这个。

把酒喝到还剩下三瓶，柳侍衣和陶铮语都喝不动了。柳侍衣觉得，她一站起来，满肚子的水在摇动。她上了几次厕所，身体轻松了些。陶铮语也上了几次厕所。柳侍衣对陶铮语说，陶警官，我想洗个澡，一身的汗。陶铮语说，那我走了。柳侍衣说，不准走，等会儿你陪我聊天。说罢，拿着浴巾进了洗手间。洗手间的门，柳侍衣半开着。从餐桌到洗手间，大约四米的距离，柳侍衣相信陶铮语能听到水声。如果陶铮语推门进来，她会帮他脱掉衣服。门还是半开着。柳侍衣洗完澡，裹着浴巾出来。陶铮语看着柳侍衣，柳侍衣走过去，拉起陶铮语的手。陶铮语跟着柳侍衣去了房间。柳侍衣解开浴巾，站在陶铮语面前，她看见陶铮语眼里闪着明亮的光。那眼光，和柳侍衣在报纸上看到夏侯淳的眼光一样，澄净透彻。柳侍衣拉起陶铮语的手放在她的乳房上说，喜欢吗？陶铮语说，喜欢。柳侍衣把陶铮语推倒在床上，脱他的衣服。陶铮语闭上了眼睛。柳侍衣把陶铮语的手放在她的腰部，陶铮语的手贴着柳侍衣的腰，缓缓移动到臀部，停留在那里。柳侍衣摸到了坚硬的勃起，她想让它进去。陶铮语突然坐了起来，转过身。柳侍衣贴着陶铮语的背部，在陶铮语耳朵边上说，你不想吗？陶铮语说，想。柳侍衣说，我也想，想得不行了，我要。陶铮语说，不，不能。柳侍衣说，能，你想要就能。陶铮语说，我是个警察。柳侍衣说，警察又怎么样？陶铮语从柳侍衣身边挣脱出来说，我怕有一天我会亲手抓你。柳侍衣说，那我也不怪你。陶铮语说，我不能。临出门，陶铮语对柳侍衣说，对不起。柳侍衣在陶铮语嘴唇上亲了一下说，我不怪你。

　　柳侍衣和陶铮语做了三年哥们，一起喝酒，一起玩闹。所有人都说，他们两个有关系。只有他们两个知道，没有。陶铮语和陶慧玲结婚前，和柳侍衣喝过最后一次大酒。喝完酒，陶铮语说，我要结婚了。柳侍衣说，祝福你。她给陶铮语包了八千的红包。陶铮语不要。柳侍衣说，拿着。再次见到陶铮语，陶警官变成了陶总，两个人都和以前不一样了。古修泉组局，约她一起吃饭。她去了，看到了陶铮语。那一瞬间，柳侍衣有点恍惚。她没想到她和陶铮语还能再遇上。铁城小归小，有些人一旦刻意回避，碰上也难了。这些年，陶铮语一直刻意回避她，她也没再和陶铮语联系，电话早就删了。场上的人来来去去，陶铮语一闪而过，没有人再提起。古修泉约她时，口风有点奇怪，她想应该有事情。见到陶铮语，她明白了，古修泉是有意的。他做得不留痕迹，这个人用心深。

　　和古修泉的关系，跟陶铮语不一样。对陶铮语，从一开始，柳侍衣抱有欲望。古修泉不同，他们更像是合作伙伴。她从没想过要和古修泉睡上一觉，古修泉也从来没这个意思。和古修泉第一次见面的场景，柳侍衣忘记了，来来往往的客人那么多，古修泉算不上有特点。隐约记得那个时候，柳侍衣很少出台了，她转型当了妈咪。对古修泉印象深刻起来，是因为姚林风。古修泉带客人来，把大家安排好，他到处敬酒，有时候也叫姑娘，放在身边当个摆设，也挡酒。言语上古修泉放得开，动手动脚的少，顶多搂个肩膀，把手放姑娘大腿上。多半情况下，古修泉叫姚林风。柳侍衣看他们两个的神情，有点像夫妻，又不像。说像夫妻，主要因为默契。古修泉要说什么又不好自己开口，姚林风总能补上，把气氛调动起来。说不像，原因不用多想，哪有老婆整天跟着老公到夜总会应酬的。见到姚林风的次数多了，柳侍衣想，他们应该是情人关系。拐弯问过几个人，柳侍衣确认了，对古修泉有了好感。男人带女人出来，柳侍衣不反感，要是反感，在这一行她做不长。她见过的老板中，身边女人换得频繁的大把，像古修泉这样，每次带同一个女人的少，稀有动物一般。后来见到古修泉，要是姚林风不在，柳侍衣还不忘问一句，姚老师怎么没来？姚林风和柳侍衣说话少，柳侍衣也不刻意找姚林风说话，场面上两个人身份不一样，职责不一样，显得太亲密不合适。等柳侍衣知道姚林风和鲍承发是夫妻，她大吃一惊。鲍承发也是熟客，柳侍衣从没见过姚林风和鲍承发一起。这两人太不搭了。姚林风身上有股傲气，给人距离感，衣着打扮素雅得体，一看就是富贵人家的孩子。鲍承发不同，脖子上戴着大金链子，手指上两个粗肥的碧玉戒指，头上油光水滑的。姚林风高瘦，鲍承发肥壮。这两个人站在一起，谁看了都不舒服。柳侍衣想，老天爷也是瞎眼，姚林风这样的女子，怎就配了这样的男人。古修泉也胖，行为举止却让人舒服，知书达理的模样。和姚林风一起，倒也合适。知道了他们几个人的关系，柳侍衣多了个心眼，避免他们碰到一起来。

古修泉和姚林风的事爆发前，柳侍衣和鲍承发吵过架。鲍承发喝多了，死缠着柳侍衣不放，等柳侍衣下了班，非要带柳侍衣去吃消夜。柳侍衣不肯，鲍承发说，吃个消夜，又不会杀了你，你怕什么。柳侍衣说，鲍总，这么晚了，我也累了，你也早点休息。鲍承发说，你跟我一起去吃消夜。柳侍衣说，我不饿，你自己去吃吧。鲍承发说，你饿。柳侍衣说，我不饿。鲍承发说，我说你饿，你就饿。柳侍衣说，你还讲不讲道理。鲍承发说，我不讲道理。柳侍衣看了看周围，不少人盯着他们看。

柳侍衣说，你这人怎么不讲道理。鲍承发说，你跟我去吃消夜，我跟你讲道理。柳侍衣一狠心，去了。到消夜档坐下，鲍承发又喝了两瓶啤酒说，我给你讲个事。柳侍衣看了看手机，她想早点走，她对鲍承发的事情不感兴趣。要不是因为鲍承发是老客户，打死她也不会来吃这个消夜。鲍承发摇晃着脑袋说，你认不认识我老婆？柳侍衣说，你老婆是哪个？我怎么认得。鲍承发说，我老婆长得好看。柳侍衣说，那你赶紧回去，你老婆还在等你。鲍承发说，那个婊子，她会等我？柳侍衣皱了下眉，没听过哪个男人说自己老婆是婊子的。鲍承发又喝了杯酒说，我老婆叫姚林风，她在外面偷人，她以为我不知道，我知道。听到姚林风这个名字，柳侍衣愣了一下。鲍承发说，我迟早要把那对奸夫淫妇杀了。柳侍衣放下手机说，你别乱米，杀人犯法。鲍承发说，狗屁。喝完酒，鲍承发伸手抓住柳侍衣的手说，小柳，你今晚陪我吧。柳侍衣把手缩回来说，鲍总，你喝多了吧，你又不是不知道我不出台。鲍承发说，我又不是不给你钱。柳侍衣说，这不是钱的问题，原则问题。鲍承发笑了起来说，原则个屁，你又不是没做过小姐。柳侍衣压住怒气说，你要再这么说，别怪我跟你翻脸。鲍承发把脸凑

过来说，小柳，我对你的心意，你难道不明白？柳侍衣
说，你别说这个。鲍承发的心思，柳侍衣明白，他眼馋
她不是一天两天。陪客人吃消夜，对柳侍衣来说也是工
作的一部分，联系感情，好做生意。她不愿意陪鲍承发
吃消夜，担心的就是这个。以前，每次鲍承发纠缠，柳
侍衣都给他安排一个姑娘。这次，鲍承发不肯。柳侍衣
试图转移鲍承发的注意力，她说，你讲讲你老婆，到底
怎么回事。鲍承发摇摇头说，不讲了，不讲了，你陪我。
柳侍衣说，鲍总，你再这样，我要走了。柳侍衣话音一
落，鲍承发从包里拿出一叠钱，厚厚一扎，放在桌面上
说，你不是要钱吗？我给你。柳侍衣说，你什么意思？
鲍承发说，你给哪个搞不是搞，我怎么就不行了？柳侍
衣说，我不喜欢你行不行？鲍承发又拍了一叠到桌面上
说，不行。柳侍衣也恼了说，我给哪个搞，就是不给你
搞。鲍承发一杯酒泼在柳侍衣脸上骂道，贱人，你们都
是贱人，我×你妈。柳侍衣端起一杯酒砸了过去，尖叫
道，鲍承发，我×你妈。

　　过了几天，鲍承发给柳侍衣打电话，小柳，对不起，
我喝多了。柳侍衣说，滚。鲍承发说，我给你道歉。柳
侍衣说，滚，滚。鲍承发说，我请你吃饭，给你赔礼。

柳侍衣说，滚，滚，滚。到了夜里，鲍承发来了，柳侍衣不理他。鲍承发开了一个包间，叫了两瓶洋酒。鲍承发说，我给你道歉。柳侍衣冷眼看着他。鲍承发给柳侍衣倒了杯酒说，我错了。柳侍衣说，不喝。鲍承发说，你不喝我把它倒了。柳侍衣说，你买的酒，爱倒你倒。鲍承发拿起一瓶酒，倒进冰桶里。倒完，又开了一瓶说，那瓶你不喝，喝这瓶。柳侍衣说，不喝。鲍承发又倒了。倒了八瓶，柳侍衣坐不住了，一瓶酒两千多，两万块钱倒掉了。柳侍衣说，你钱多啊？鲍承发说，看哪瓶合你的胃口。柳侍衣端起酒杯说，你是个傻×。鲍承发说，对，你说得对。我要不是个傻×，我老婆也不会出去偷人。鲍承发说完，眼角一湿。柳侍衣再看那张丑脸，她觉得，鲍承发其实也非常可怜。喝完那次酒，再来找柳侍衣，鲍承发好多了，有些话，他不再说了。

像是在黑夜，所有的光都消失了。把窗帘关上，把灯打开，再关掉，让一个人置身在黑暗之中。适应黑暗之后，屋里的桌子椅子，甚至放在地上的拖鞋，一点点露出原有的轮廓，毛茸茸的，暗淡的一团。柳侍衣透过这些微弱的光，看清自己，在这光的温热中逐渐融化。鲍承发给柳侍衣讲过他和姚林风的恋爱史，说是恋爱，更像是交易。柳侍衣感觉，姚林风其实从未爱过鲍承发，她理解那种无可奈何，就像她自己一次次脱光自己，躺在一张张陌生的床上，和爱情无关，和性欲无关，那不过是交易。她的身体偶尔会激动温润起来，那是原始的情欲，暗地里汹涌的河流，它崩塌了，欢快地流淌。再次见到鲍承发像野兽一样咆哮起来，是在古修泉大宴宾客的那个晚上。鲍承发本在和几个朋友喝酒，柳侍衣陪着。大约晚上十点，鲍承发接了一个电话，听完电话，鲍承发脸色大变，把一杯酒猛地倒进嘴里，"啪"的一声把杯子砸在地上。柳侍衣吓了一跳，拉了拉鲍承发的胳膊说，你又发什么疯？鲍承发甩开柳侍衣的手说，我要杀人。柳侍衣把鲍承发按在沙发上说，你发什么疯，给我坐下。鲍承发又弹了起来。柳侍衣把鲍承发拉到门外说，你又怎么了？鲍承发瞪着发红的眼睛说，小柳，你说说，你说说，我是不是个傻×？柳侍衣说，喝得好好的，怎么又发疯了？鲍承发盯着柳侍衣说，我问你，你知不知道？柳侍衣说，我知道什么？鲍承发说，古修泉请人喝酒。柳侍衣说，他请人喝酒怎么了？鲍承发说，×他妈的，我要杀了他。说完，跳起来往外走。柳侍衣跟上去说，你是不是傻×了？鲍承发说，谁他妈不知道我傻×了，绿帽子大摇大摆地戴我头上了。鲍承发一边走一边打电话，要去开车。柳侍衣拉住鲍承发的手说，鲍总，你冷静点儿。鲍承发铁青着脸。柳侍衣一把抱住鲍承发的腰说，你别这样。

把鲍承发拖进酒店房间，鲍承发安静了些。柳侍衣给鲍承发捏了个热毛巾说，你擦擦脸。擦完脸，鲍承发说，小柳，你说，我是不是傻×了？柳侍衣说，谁还没个傻×的时候。鲍承发把毛巾扔在茶几上。柳侍衣说，你洗个澡早点睡，睡醒了就好了。鲍承发拉住柳侍衣的手，柳侍衣说，我不走。柳侍衣躺在床上，一团温热贴着她的肚子，小腹温暖起来。她的身体缓缓摇动，像摇篮中的孩子。她似乎在睡梦中，听到了鲍承发的哭声。先是压抑着的，接着放声大哭起来。平缓柔和，柳侍衣本以为她会变成雷暴中的落叶，打得破碎不堪。结束了。鲍承发靠在柳侍衣旁边，一只手握着柳侍衣的乳房。他问，你睡了吗？柳侍衣说，没，睡不着。鲍承发说，对不起。柳侍衣抽出手，搭在鲍承发腰上说，为什么这么讲？鲍承发说，我知道你不喜欢我。柳侍衣说，你傻了吧，这和喜欢有什么关系。鲍承发说，也是。他平躺下来说，小柳，有时候我真觉得我是个傻×。柳侍衣说，好了，别想那么多了。鲍承发说，年轻的时候喜欢姚林风，为了娶她，我也费尽了心思。柳侍衣挪了挪身子。鲍承发说，当年她爸出事儿，我花了不少钱。要不是因为这个，打死她也不会嫁给我。柳侍衣说，算了，不说这个。鲍承发说，我以为结婚了，她的心慢慢会暖过来，一点用都没有。柳侍衣说，你把女人想简单了。鲍承发说，是我把自己想得太强大了，以为自己能让她转过来。她和古修泉的事儿我一直知道，从一开始我就知道，我忍着。柳侍衣摸了摸鲍承发的脸。鲍承发抓住柳侍衣的手，把她的手指放在嘴里轻轻咬了一口。柳侍衣说，其实，我觉得这样也挺好，你也别为难自己。鲍承发说，算了，算了，爱怎样怎样吧，反正我戴这绿帽子也不是一天两天了，只是这他妈太欺负人了。柳侍衣说，那你干什么了？鲍承发说，我也不是个东西。

天亮了，鲍承发走了，柳侍衣洗了个澡。她重新换了套床单，把自己埋在被子里。她伸手摸了摸她的下体，如此渴望，迫不及待。她想找一个男人过来，让人狠狠地×她，×一条发情的母狗一样×她，紧密相连，扯都扯不开。她给陶铮语打了个电话，她的声音慵懒性感。陶铮语笑着问，今天起这么早？柳侍衣说，我没睡。陶铮语说，怎么了？柳侍衣说，也没什么，睡不着。你怎样？陶铮语说，我还好，老样子，警察嘛。柳侍衣说，你倒是安稳。陶铮语说，一天到晚一堆烂事儿，哪里安稳得下来，我倒希望天下太平。柳侍衣说，我这会儿不太平了，陶警官能不能出手拯救一下？陶铮语说，你的事儿我怕是帮不上忙。柳侍衣说，这个事儿你能。陶铮语说，那你说说看。柳侍衣问，你这会儿干吗？陶铮语说，正准备去上班。柳侍衣说，别去了。陶铮语笑了起来，我可不能那么任性，警察有规矩。柳侍衣说，别上班了，来×我。陶铮语说，你说什么？柳侍衣说，来×我。陶铮语说，你还没醒酒吧？柳侍衣说，我没喝多，来×我。说罢，把电话挂了，她给陶铮语发了房号。过了一会儿，陶铮语发了信息过来，好好休息。柳侍衣把手机扔到床头，骂了句，×你妈。认识这么多男人，柳侍衣从没见过这样的。别的男人围着她，舔着她，只有陶铮语，活生生压了回去。

　　古修泉来找她，这是她意料之中的。带她去望水斋，却是在意料之外。望水斋柳侍衣经常听人说起，古修泉说得更多些。柳侍衣去过西山寺几次，她去爬山，远远地看见望水斋。她没进去过。古修泉说，小柳，看你哪天有空，一起去望水斋坐坐。柳侍衣说，经常听你们说起来，倒是没去过，什么地方？好奇得很。古修泉说，一个朋友的地方，具体也不太好说，去看看就知道了。柳侍衣说，那倒也好，看你们说起来，神秘兮兮的，像是什么见不得人的样子。古修泉说，哪有什么见不得人的。柳侍衣说，那看你什么时候方便，我时间灵活。古修泉说，那就明天晚上吧。柳侍衣说，那行，就这么说定了。到了时间，柳侍衣化了淡妆，特意换了套裙子，清清爽爽的。古修泉开车来接她，见到柳侍衣，古修泉说，小柳，你这让我刮目相看了。柳侍衣说，怎么不同了？古修泉说，好看。柳侍衣说，到底还是古总会说话，难怪那么讨女孩子欢心。进来望水斋，柳侍衣朝四周看了看说，还挺雅致的，难怪你们喜欢来，文化人毕竟不一样。见到顾惜持，古修泉介绍道，这是顾大师。又指着柳侍衣说，小柳，好朋友。顾惜持伸过手说，经常听修泉说起你，幸会幸会。顾惜持看柳侍衣的眼神跳了一下。柳侍衣抽出手说，顾大师的名字，全铁城怕是无人不知无人不晓了，连我这么没见识的，都听过好多回了。顾惜持笑了笑说，柳侍衣的名字对我来说也是如雷贯耳。柳侍衣也笑了起来说，顾大师，要这么讲，到你这儿的恐怕也没多少好人。古修泉连忙打圆场说，顾大师，小柳喜欢讲笑，你别介意。顾惜持摆摆手说，都是图个开心，有什么好介意的。三个人坐下喝了杯茶，门外听到有停车的声音。古修泉说，怕是林风来了，我去看看。等古修泉走开，顾惜持给柳侍衣倒了杯茶说，小柳到铁城多久了？柳侍衣说，前后算起来也有五六年了。顾惜持说，那也不久。柳侍衣说，我算是新人，大师来铁城多久了？顾惜持说，那就长了。柳侍衣说，这几年经常听人提起大师来。顾惜持说，还不是这个地方闹的，进了望水斋，我好像成了铁城头牌交际花。说完，觉得不妥，连忙补了句，小柳，你看我这嘴，该打。柳侍衣说，大师见外了。正说话间，古修泉领着姚林风进来了。见到柳侍衣，姚林风点了下头。顾惜持说，人都齐了，吃饭。又扭过头问古修泉，修泉，今天喝什么酒？古修泉说，看大师的意思。顾惜持说，好些天没喝白酒了，倒是想喝点白的，刚好前些天有人给我送了几瓶茅台，你给鉴定鉴定，看是不是假酒。古修泉说，开什么玩笑，给大师的酒怎么可能是假酒，今晚有口福了。等酒菜上来，古修泉拿起酒瓶看了看说，大师，三窖的茅台，不得了。顾惜持说，我不懂这个，你说好那就是好了。古修泉正要给柳侍衣倒酒，柳侍衣遮住杯子说，我喝不得白酒，半杯就晕。古修泉说，那你喝点红酒吧。顾惜持拿了瓶红酒过来，给柳侍衣倒上。酒喝了几巡，古修泉对姚林风说，林风，我们一起给小柳敬个酒。柳侍衣连忙说，这怎么能，我敬你们。喝完两瓶茅台，大半瓶红酒，姚林风对古修泉说，我先回去了，你们慢慢喝着。柳侍衣说，我也差不多了，一起回吧。古修泉摆摆手说，林风明天还有事情，让她先走，我们再喝一点。说完，起身去送姚林风，又对柳侍衣说，小柳，你先别走。送完姚林风，古修泉坐下来说，小柳，今天请你来，也没别的意思，表示一下感谢。柳侍衣说，我听不懂古总说什么，要是喝酒，我还能喝一点。古修泉说，那好，今天不醉不归。

喝完酒，古修泉叫了车，两人从山上下来。柳侍衣问古修泉，你常来望水斋？古修泉说，来得不少。柳侍衣说，那你和顾大师应该很熟了。古修泉说，认识这么些年，不熟也熟了。你问这个什么意思？柳侍衣说，也没什么，感觉顾大师看我的眼神怪怪的。古修泉笑起来说，那他可能是见你长得太美了，忍不住多看几眼。柳侍衣说，希望如此，不过，我有点不安，为什么又说不清楚。古修泉说，多见几次就好了，初次见面，讲气场讲感觉。时间长了，可能就不一样了。柳侍衣说，你说的也是。柳侍衣后来又和古修泉来过几次，古修泉再约，她推脱说有事。

柳侍衣没想到再见陶铮语是在古修泉安排的酒局上，也没想到陶铮语脱掉了警服，她以为陶铮语会做一辈子警察，他适合做警察，冷静克制。柳侍衣喜欢看陶铮语穿警服的样子，严肃硬朗，隐隐有一股气透出来，这气息让她着迷。她渴望这种气息，带着法典的气息，她像一个希望被法典规定的词。陶铮语进入她的身体时，她咬了下牙。这本是几年前该做的事情。她见过那个身体，抚摸过它。陶铮语说闻到了巧克力的香味，柳侍衣说，让我看看你的舌头。酒店的房间有着相似的面孔，床单、被子，甚至桌子和洗手间都带有不可言喻的暧昧气息，她能从里面闻到浓烈的精液的味道。她不喜欢在酒店做爱，哪怕是和喜欢的人，她仍然觉得像是一场交易。每个酒店的床上都睡过无数激情的男女，她会想象别的男人和女人在做同样的事情。她一抬头就能看到，鼓胀的肉体，他们在天花板上望着她，汗水滴下来，滴在她的身上。她也许在这张床上睡过别的男人。她喜欢自己的房间，狭窄私密，每个地方都有她自己的味道。只有在自己的味道中，才是做爱，像一匹发情的母马，放肆地撕咬。陶铮语说，你把我身体内的猛兽放出来了。柳侍衣说，那也是我喜欢的洪水猛兽。

和陶铮语重新接上头，柳侍衣身体里灌满了水，始终潮湿着。陶铮语的项目她不太关心，那和她没什么关系。陶铮语第一次看神树回来，急匆匆地打电话给她。她有预感。当他们站在山顶上，柳侍衣看到满天的星群。回到家里，陶铮语把头埋在她的双腿之间，她又看到了灿烂的星群，流星一颗颗地闪过，她害怕陶铮语死了，死在她甜蜜的源泉里。陶铮语和柳侍衣讲过他们的项目计划，柳侍衣问，你们就这么想种一棵树？陶铮语说，不是树的问题。柳侍衣说，我明白，挂羊头卖狗肉呗。陶铮语说，也不是这个意思。柳侍衣说，那你告诉我什么意思？陶铮语说，这只是一个策划。柳侍衣说，陶总，你做警察更让我喜欢一些，我还记得你一次次地拒绝我。陶铮语说，我也有点不认识我自己了。柳侍衣说，我可怜那棵树。陶铮语说，好了，我们不谈神树了，这和我们没关系。柳侍衣老想起神树，似乎那棵树和她紧密相连。神树到了"福寿云台"，柳侍衣去看过几次。看到神树第一眼，她有种预感，它活不了多久。有天，她在神树下面捡了一片叶子，绵软发黄，失去了水分。她想告诉陶铮语，神树不行了。又忍住了，"福寿云台"刚开盘，她怕陶铮语不高兴。等到神树真死了，古修泉搞了一个拍卖会，柳侍衣摸着骨灰盒，她的手微微发抖。她有点怕。那天晚上，古修泉带着陶铮语、姚林风来找她。陶铮语和古修泉都醉了，满嘴的胡话。等姚林风带古修泉走了，陶铮语把柳侍衣按在了沙发上。柳侍衣不肯，她不想，那不是她的房间。

过了些日子，古修泉打电话给陶铮语，说有事情想和他谈。陶铮语接电话时，正和柳侍衣一起吃饭，他放下筷子，听了一会儿说，我正吃饭呢，晚点聊。挂掉电话，陶铮语说，古修泉的。柳侍衣说，看出来了，你和他说话语气跟和别人说话不一样。陶铮语说，你观察倒挺细致的。柳侍衣说，别的本事没有，看人看事还可以。陶铮语说，古修泉还是挺有想法的。柳侍衣说，这是他吃饭的本事，没点想法干不了他这行。陶铮语说，古修泉约喝茶，你一起去吧。柳侍衣说，你们两个谈事情，我就不去了。陶铮语说，也没什么正经事，一起坐坐。柳侍衣说，又去望水斋？陶铮语说，不是。柳侍衣说，这倒奇怪了，你们不是很喜欢去望水斋的吗？

　　吃过饭，柳侍衣打了几个电话，安排好事情，两人又聊了一会儿天。古修泉约在三溪村，柳侍衣和陶铮语去过几次。进了茶室，古修泉已经坐在那里了，他点了香，泡好了茶。见陶铮语和柳侍衣进来，古修泉站起身来说，陶总和小柳现在是形影不离了。陶铮语随手放下包说，怎么林风没来？古修泉说，她有点事。说完，望着柳侍衣对陶铮语说，小柳那么忙，还肯抽出时间陪你，这情谊不浅啊。柳侍衣看了陶铮语一眼说，我们两个的事情，古总倒是操心上了。古修泉笑起来说，不敢不敢，我这是祝福。陶铮语给柳侍衣倒了杯茶说，闲话就不扯了，有什么事儿你说。古修泉说，你看，还是个急性子，刚坐下就忍不住了，先喝杯茶。喝完泡茶，古修泉说，陶总，前些天和顾大师说的事，你怎么看？陶铮语说，做禅修馆的事？古修泉说，那还能有什么事。陶铮语说，看顾大师的意思不太情愿。古修泉说，这就要看怎么说了，要是你鼓动一下，顾大师可能就做了。陶铮语说，我哪来那么大的面子。古修泉说，这个你就不要谦虚了，"福寿云台"那么大的事他都答应你，禅修馆算什么事情。陶铮语说，你怎么想到搞这个？古修泉说，陶总，你就不要揣着明白装糊涂了，这两年禅修馆热成什么样子你又不是不知道，你身边还能没几个禅修的朋友？陶铮语一想，真有，还不少。隔上一段时间，就有人对他说，去寺庙禅修了，短的一个礼拜，长的一个月。陶铮语好奇，也问过。无外那些内容，吃斋、打坐、早起、听听课。别的效果不说，一般能瘦上几斤，调理下肠胃。至于禅，刚回来满嘴的道行，过不了一个月，该吃吃该喝喝，又是一身的红尘杂质。陶铮语嘲笑过，他不相信禅修一下，境界就真上来了。去过的朋友说，正是因为扛不了多久，所以隔上半年一年要去一次，多洗洗总是好的。陶铮语一想，也有道理，即使干净不了一世，干净一时也比一直脏着好。想到这儿，陶铮语对古修泉说，你想怎么个搞法？古修泉说，也简单，租个寺庙，让顾大师去打理，平时找两个人维护。陶铮语说，说着容易，怕是没那么好找。古修泉说，我要是没点谱，我敢找你？陶铮语说，你找好了？古修泉说，还不能说找好了，意向倒是有了。陶铮语说，这样的话，哪天你带我们去看看。古修泉说，正是这个意思。说完，按了下服务铃说，正事说完了，也该喝点酒了。和陶总一起，还有小柳在，不喝两杯，实在说不过去。陶铮语推辞说，刚吃完饭，不喝了。古修泉说，你看，每次你都是这个样子，一开始推辞，后来喝得也不见比人少。陶铮语看了柳侍衣一眼，柳侍衣说，我倒是想喝两杯了，吃饭时没好意思和陶总讲。古修泉指着柳侍衣对陶铮语说，陶总，小柳比你大方多了。喝了几杯酒，柳侍衣问古修泉，古总，你信佛吗？古修泉说，我不敢信，我配不上。柳侍衣又问，你这个禅修馆准备开在什么地方？古修泉说，禅修馆，当然开在寺庙里最正宗了。以前我也想过找个环境好点的地方，再想想不行，不正宗，不在寺庙里，这个气息就不对了。柳侍衣说，你这么说，我倒想看看了。古修泉举起酒杯说，这个容易，约好了日子我给你打电话。说完，看了看陶铮语说，陶总，你没意见吧？陶铮语喝了口酒说，只要小柳愿意，我能有什么意见。喝完酒出来，柳侍衣骂了句"×他妈的"。陶铮语扭头看了柳侍衣一眼，柳侍衣说，什么时候寺庙也能租了？陶铮语说，只要有钱，什么都能租。柳侍衣突然说了句，我信佛。陶铮语有点意外，你信佛？柳侍衣说，我信佛怎么了，谁说我就不能信佛了？陶铮语说，信佛挺好的。从三溪村出来，陶铮语想跟柳侍衣回家。柳侍衣说，亲戚来了，不方便。陶铮语问，真亲戚？柳侍衣瞪了他一眼说，大姨妈，你要不要见下？

　　过了几天，古修泉给柳侍衣打电话，说人约好了，明天出发。柳侍衣说，好的。古修泉交代到，既然去了，不如住上一晚，体会一下山上的宁静，记得带换洗衣服，我们男人无所谓的。柳侍衣问，还要过夜？古修泉说，远倒也不远，我们提前体验一下禅修的意境，下午三点我来接你。等古修泉挂了电话，柳侍衣给陶铮语发了个短信，你去吗？陶铮语回，去，说好了的。柳侍衣又发了一条，我去你介意吗？陶铮语回，求之不得。睡到下午醒了，柳侍衣洗过澡，换了身素净的衣服，没化妆。古修泉接到柳侍衣，看了柳侍衣一眼说，小柳今天清爽得很，漂亮。柳侍衣说，和古总一起出门，总不能扫了古总的面子。古修泉说，恐怕不是我的面子。柳侍衣说，你想多了吧。到了陶铮语公司楼下，陶铮语还没下来，古修泉摇下车窗，点了根烟说，小柳，陶总这人挺好的。柳侍衣说，你给说说，他哪儿好了？古修泉说，这要你用心体验，我说了不算。柳侍衣说，怎么好也不是我的人。等了一会儿，陶铮语下来了。他拉开副驾车门，准备上车，古修泉指了指后座说，你坐后面，陪陪小柳，虽说不远，也有两个小时的车程，休息会儿也行。

陶铮语看了柳侍衣一眼，坐到了柳侍衣旁边。车上了高速，柳侍衣往陶铮语怀里靠了靠说，我想睡会儿。陶铮语挪了下屁股，柳侍衣趴在了陶铮语腿上。陶铮语的手放在柳侍衣腰上，拍了拍。很快，手滑到了柳侍衣的胸部，盖住了它。柳侍衣侧过身，遮住陶铮语的手。那双手加大了力度，隔着衣服，柳侍衣依然感觉到了它蓬勃的欲望。在陶铮语腿上趴了一会儿，柳侍衣直起身说，算了，不睡了，不舒服。她理了理头发问古修泉，古总，还有多远？古修泉说，快了，下高速上山就到了。

下了高速，远远望见一片起伏的山丘，山都不高，却多，连绵延展。进了山，道路窄了，都是水泥路，倒也好走。大约开了三十来分钟，他们停在了一块颇具规模的停车场。古修泉停下车说，到了。柳侍衣伸展了下腰身，附近的山坡上卧着一座寺庙，规模不大，四周群山环绕，环境不错。下午五点多钟，不见几个人，看来是还没有开发的缘故。古修泉带着他们两个往里走，走到山门，柳侍衣看到"南山寺"三个大字。在南山寺门口等了几分钟，一个肥肥胖胖的男人迎了过来，伸出手说，古总，欢迎欢迎。和古修泉握过手，又热情地和陶铮语、柳侍衣握手。都握过手，古修泉说，只有我都认识，我来介绍一下。这位是刘德福，刘总，生意做得大得很。接着指着陶铮语介绍，陶铮语陶总，房地产开发公司老板。又指着柳侍衣说，小柳，柳侍衣。刘德福说，里面请，里面请，你们难得来一次，我带你们参观一下。寺庙大同小异，里面还有工人在施工。逛了不到半个小时，逛完了。刘德福说，小庙小庙，让大家见笑了。古修泉说，这里环境倒是好得很，青山绿水的。刘德福说，古总见多识广，这么个不成器的东西，哪里能入古总的法眼。古修泉说，山不在高，有仙则名。寺不在大，有心就灵。刘德福竖起大拇指说，古总就是有文化，张嘴就是名句，你这一说，满寺生辉啊。带着三人进了最里间的禅院，刘德福说，晚上我们吃住都在这儿了。禅院是一个独立的院落，只有一道狭窄的小门通往外面。一走进来，顿时开阔起来，院子里种满了桂花和玉兰，沿着院子四边布置着一间间的禅房。其中一排房子背靠山岩，岩石突兀，杂树丛生。要是春天，想必能开出满岩壁的花来。柳侍衣说，这个院子真让人喜欢。刘德福笑起来说，柳小姐要是喜欢，多住几天。柳侍衣说，我怕是没这个福分。刘德福说，只要柳小姐喜欢，想住多久住多久。说罢，对古修泉和陶铮语说，晚上我们就在院子里吃饭，今天天气好，正好又是月圆，舒服得很。古修泉说，那好，那好。刘德福说，你们先把东西放一下，一会儿吃饭。看了看一行三人，刘德福说，不知道古总要带朋友来，一共就收拾了两个房间。古总，你看怎么安排，要不要再收拾一间？古修泉摆摆手说，够了够了，不麻烦了。我晚上打呼噜，一个人睡一间，他们两个挤一挤。进了房间，柳侍衣放下包，又去洗了个脸，正想和陶铮语说几句话，听到刘德福在院子里喊，古总，陶总，准备吃饭了。

院子正中间摆了一张桌子，桌子是方桌，上面摆了几盘青菜，都是生的。柳侍衣笑着说，今晚我们吃生。刘德福说，哪能让柳小姐吃生的，菜还没上。四个人坐下，聊了一会儿天，只见一个工人模样的人端了卡式炉上来，又端上来一大锅肉。柳侍衣瞪大了眼睛。刘德福指着锅里说，这可是好东西，知道古总要来，特意去山下人家买的。柳侍衣闻了闻，香，问道，这是什么东西？刘德福说，狗肉，这里的狗肉出名得很，和花江狗肉做法不一样。柳侍衣叫了起来，狗肉啊？刘德福说，柳小姐不吃狗肉？柳侍衣说，那倒不是，有点不习惯。刘德福接着说，这儿的狗肉先是用稻草把皮烤焦了，再去焖，那个香，给个神仙也不当。正说话间，外面进来三个穿僧衣的和尚。柳侍衣一阵紧张，刘德福招了招手说，你们三个，来得这么晚，再晚点儿没你们的份儿了。见有客人，其中一个和尚说，刘总，我们先去换个衣服。刘德福说，换什么衣服，都是自己人，坐下坐下。人都坐下了，刘德福一一介绍过说，这三位具体负责南山寺的运营，我是个甩手掌柜。又有人拿了六瓶白酒过来，刘德福说，今天晚上，我们醉也不归，都睡在山上，山上空气好，舒服。刘德福给众人倒酒，倒到柳侍衣，陶铮语伸手遮住柳侍衣的杯子说，刘总，小柳喝不得白酒。刘德福的手停在柳侍衣面前说，那柳小姐喝点什么，你看，我这儿也没准备其他的酒。柳侍衣说，没事，喝点吧。陶铮语的手有些尴尬地缩了回去，刘德福一边给柳侍衣倒酒一边说，陶总，看来你对柳小姐还不够了解，要深入了解，深入了解，一定要深入。一桌的人都笑了。

两瓶酒喝完，桌上的气氛热烈起来，月亮也升起来了，照在院子里，满地的银白。天微凉，还不冷，再加上喝了点酒，给人的感觉非常舒服。柳侍衣喝了几杯白酒，吃了狗肉。肉是好肉，柳侍衣好些年没吃狗肉，倒不是不吃，不敢吃，怕肉有问题。奇怪，她一点醉意也没有，头也不晕，平时她很少喝白酒，不习惯那个味道。古修泉正和刘德福聊到了南山寺。刘德福说，古总，你知道我是福建人，你别以为我们福建人只会开医院。古修泉说，福建人做生意厉害啊，医院算什么。刘德福说，也不是说医院不算什么，这几年医院的生意不好做，都说莆田系的医院坑人，话也不是那样讲。不过，这两年，我把重点转移到了寺庙。古修泉举起杯和刘德福干了一杯说，天下的生意，就没有你们福建人不敢做的，你要是不说，我还不敢信。刘德福说，我承包了十六家寺庙，南山寺这家是最小的，要不是看上这里的环境，这个烂摊子，我也不想接。古修泉笑了起来说，刘总，这就不真诚了吧。刘德福说，在商言商，我做生意要赚钱，不赚钱，我不来。要说单纯是看环境，那确实也不真诚。我考察过，这周边五十里，就这一个寺庙，还是有开发价值的。古修泉又给刘德福敬了杯酒说，刘总，你这不是生意经，是生意精，精明的精。刘德福指着三个和尚说，他们三个先暂时放在这里，锻炼一下，我还有两个寺庙在谈，等他们成熟了，一人负责一家。三个和尚一听这话，赶紧举起酒杯说，我们一起敬刘总一杯，多谢刘总关照。刘德福碰过杯说，都是一家人，有钱一起赚，古总，你说是吧？肉饼是块大肉饼，你一个人也吞不下，大家一起来那就不一样了。古修泉说，那是，那是。刘德福问古修泉，古总，你这个禅修班想怎么搞？古修泉大体介绍了一下，刘德福想了想说，古总，要不这样，我不收租金，采取分成的方式如何？收租金我是有保障了，对你不公平，刚才我讲过了，有钱一起赚，你帮我把活水引进来，我也不亏待你。刘德福说完，古修泉连忙举起杯说，刘总，那真是太谢谢了，你这样说，我就放心、大胆地搞。刘德福说，先不想赚钱，把事情搞起来，事情搞起来了，钱自然就来了。古修泉说，刘总说得对，今天真是听君一席话，胜读十年书，太受教育了。刘德福说，古总谦虚了，我这儿缺的是人才，像古总这样的青年才俊，还有顾大师做支持，你们肯来我们这儿办班，那是看得起我。来来来，我们两兄弟喝个大杯。喝完，刘德福指着其中一个清瘦的和尚说，古总，你以后直接和我表弟联系，他要是有什么做得不对的，你对我讲。古修泉说，那谢谢了。又和瘦和尚喝了一杯。古修泉还想和刘德福说点什么，刘德福说，古总，这个事情我们先就不说了，别我们两个光顾着说话，把陶总和柳小姐冷落了。说话间，桌上又热闹起来，彼此劝起了酒。把六瓶酒喝完，刘德福还要让人去拿酒，古修泉拉住刘德福说，刘总，盛情心领了，酒是真喝不动了。刘德福说，再拿一瓶，就一瓶。古修泉说，不说一瓶，一杯都喝不下去了，酒肉都堆到了这个位置。他把手比到脖子上。刘德福看了看柳侍衣说，既然古总这样说，那我也不劝你们了，跑了一天，也累了，大家都早点休息。说完，喊人过来收拾了餐具、桌子。和三人一一握过手，刘德福摇摇晃晃地走了。

院子一下子安静下来，柳侍衣在院子里散了一下步，时间还早，不到十一点。虽然喝了不少酒，她还不困，这正是她精神旺盛的时段。古修泉和陶铮语坐在院子里抽烟，桂花似乎开了，隐约的香气这会儿散了开来，压住了酒肉的气味。古修泉对陶铮语说，陶总，你觉得这个地方怎样？陶铮语说，地方是个好地方，就怕顾大师不肯。顾大师不来，这个事怕是做不成。古修泉笑了笑说，他为什么不肯？陶铮语说，以顾大师的性格，我觉得他不肯。古修泉说，以顾大师的性格，我觉得他肯。陶铮语说，怎么讲？古修泉抽了口烟说，陶总，我老实对你说，顾大师看似超尘脱俗，其实骨子里是个俗人，精明得很。他不是做不做的问题，而是值不值得做的问题，只要价格开得合适，哪有他不肯做的。你那个项目他为什么肯帮你？不是因为你陶铮语长得好看，更不是因为你们的交情。说到底是因为他知道你会给他回报，他还能在东南亚的圈子里展示一下实力。陶铮语说，你别总是把人想得那么俗气。古修泉说，陶总，我和你不一样，我在生意场上混了那么多年，什么样的人都见过。我宁愿先把人想得俗一些，坏一些，即使到后面证明我错了，那也问题不大。先想得太好了，反倒容易吃亏。陶铮语说，那你准备怎么搞？古修泉说，直接和顾大师谈分成。陶铮语说，不大好吧。古修泉说，刘总给了我一个启发，顾大师有人脉，给他分成，他更有动力，能拉人来。陶铮语说，修泉，有时候我不太喜欢你就在这儿，把什么都做成了生意。古修泉说，不瞒你说，我还想和刘总合作做做寺庙的生意，这块儿非常有想象空间。两人聊了一会儿，古修泉说，晚了，我也困了，回房休息了。见古修泉走了，柳侍衣走到陶铮语身边问，你怎么样？陶铮语说，我还好，就是有点困。柳侍衣说，那你先回房睡吧。陶铮语说，你不睡？柳侍衣说，这会儿我睡不着，想散会步。陶铮语说，那我先回房间了。散了会步，柳侍衣进了房间，陶铮语躺在床上还没有睡。柳侍衣说，怎么还没睡？陶铮语说，一个人睡不着。柳侍衣说，你这是在等我？陶铮语说，那还能等谁？柳侍衣脱了衣服，靠在陶铮语旁边。陶铮语滚烫的身体贴了过来，翻身压在了柳侍衣身上。柳侍衣摸了摸陶铮语的下体，直硬的一根，望着窗外说了句，在这个地方，我都兴奋不起来了。陶铮语分开柳侍衣的腿，急切地想进去。柳侍衣说，这个地方算是被你们糟蹋了。陶铮语说，那不是我，古修泉的事。柳侍衣说，你不参股？陶铮语咬着柳侍衣的耳垂说，不，我做不来。柳侍衣抱住陶铮语的背，做过警察的背，有着结实的肌肉，那是柳侍衣的法典。

柳侍衣不再年轻，细看的话，眼角有了微小的纹路，时间刻下的无论如何也掩饰不了的痕迹。她的眼睛依然明亮，带着清澈的光。男人和女人，男人和女人的肉体，黑夜里的纠缠，撕心裂肺的爱和恨，两性游戏之间的所有套路，柳侍衣了然于心。她想过结婚，和别的姑娘一样，赚了点钱，抽身离去，绾起头发，做一个新的女人。这样的事她见得太多了。在武汉，她偶遇过她手下的一个姑娘，姓赵。那是一个冬天，柳侍衣去超市买东西，她碰到了赵小姐，她们在食品架前相遇。柳侍衣一眼看到了她，她胖了，乳房更大了，腰身肥硕。柳侍衣转过身，不想让她看到她。赵小姐走过来说，你一进来我就看到你了，想着要不要和你打声招呼。买完单，赵小姐说，既然碰到了，一起吃饭吧。她们去了附近的一家湘菜馆，人声嘈杂，挤满了人。赵小姐指着不远处一栋老旧的楼房说，我家住那儿，不远。我和我老公讲过了，晚上有事不回家吃饭。柳侍衣看着赵小姐说，你变了。赵小姐说，孩子都生了两个，能不变吗？柳侍衣还记得赵小姐刚去她那儿的情景，她像小猫一样害羞，见到客人躲躲闪闪的，清纯得像个高中生，配上她的娃娃脸，让人产生不洁的想象。赵小姐第一次上钟回来，一见到柳侍衣就哭了。柳侍衣吓了一跳，连忙问赵小姐怎么了。她还以为赵小姐碰到变态了，什么样的客人都有，碰到也不奇怪。赵小姐哭哭啼啼地说，他放我脸上了，太欺负人了。柳侍衣问，他把什么放你脸上了？赵小姐说，我说不出口，太欺负人了。等柳侍衣明白是客人把那玩意儿放在赵小姐脸上时，她笑得都快喘不过气来。仅仅两个月，赵小姐就能够熟练地应付所有情况，她面不改色地谈论客人的表现。和赵小姐一起上过钟的小姐对柳侍衣说，那他妈真是个骚货，太骚了，一辈子没见过男人似的。再看到赵小姐，柳侍衣无论如何难以把面前这个邋遢随便的妇人和当年那个青春热辣的姑娘联系起来。柳侍衣说，挺好的，安稳了。赵小姐要了十瓶啤酒，她说，我记得你挺能喝的，陪你喝点儿，意思一下，回家还得哄孩子睡觉。喝完两瓶啤酒，赵小姐的脸色活络起来，依稀有了点当年的神韵，野性、充满欲望的光从她眼睛里散发出来。她们聊了一会儿当年一起同事的姑娘，多数都雨打风吹去。赵小姐说，你知道我嫁给谁了吗？柳侍衣说，我怎么知道。赵小姐笑嘻嘻地说，你当然不知道，我嫁了一个货车司机，开大货车的，一出长途要一个礼拜，回家顶多待两三天，又出长途。柳侍衣说，那你一个人在家辛苦了。赵小姐撸起袖子，指着胳膊上青紫色的斑痕说，他掐的。又捧着乳房说，这儿也有，你能想到的地方都有。柳侍衣说，什么鸡巴男人。赵小姐笑了起来，他喜欢，你知道很多男人喜欢。柳侍衣说，那你喜欢吗？赵小姐说，我无所谓，和谁不都一样，什么样的男人我们没见过，对不对？柳侍衣说，我不喜欢。赵小姐看着柳侍衣，笑了起来说，我倒还挺喜欢的，我是个贱货。买完单，赵小姐弯下腰对柳侍衣说，我不陪你了，哄完孩子睡觉，我还得上班。她说"上班"两个字时，性感极了。

仅仅是结婚，不难，至少对柳侍衣来说不难。这些年，向她求婚的男人不少，从资产过亿的老板到刚毕业不久的大学生都有。碰到这种情况，柳侍衣笑笑，当他们喝多之后的胡言乱语，或一个梦，轻巧的梦。她想过结婚，那需要一个理想的男人，她不能像她大姐那样，嫁给年迈的客人。那不是结婚，那是玩累了的男人需要一个年轻漂亮的保姆，不光能照顾他，还能睡。那是交易，不是爱。柳侍衣需要爱。和鲍承发上过床不久，鲍承发向她求过婚。她拒绝了，她知道那也不是爱，只是报复。那天，柳侍衣生日，她约了一帮熟客过来喝酒。鲍承发坐在柳侍衣旁边，看着她喝酒，和男人们调笑。切过蛋糕，过了凌晨，人都散了，柳侍衣醉了。她拉着鲍承发说，我他妈怎么就三十了，我他妈怎么就三十了？鲍承发任由她发酒疯，等柳侍衣发完酒疯。鲍承发说，我送你回家吧。送到楼下，柳侍衣说，你回去吧，我好多了。鲍承发说，我不放心。柳侍衣推着鲍承发说，你有什么不放心的，我都到楼下了，我能走。你看，我能走。她走了几步，踉踉跄跄的。鲍承发连忙扶住她说，还说能走，站都站不稳。鲍承发扶柳侍衣上楼，楼道的灯坏了。鲍承发一手举着手机，一手扶着柳侍衣的腰。把柳侍衣扶回家里坐下，鲍承发满头大汗。柳侍衣坐在沙发上冲鲍承发叫喊，你回去，我都到家了，你回去。鲍承发说，我看你睡。柳侍衣扭着身体说，我不要你看我睡，我知道你想睡我，你一个晚上没喝酒，等着睡我，我不和你睡。鲍承发说，我保证不碰你。柳侍衣"哈哈"笑了起来，你不想睡我，你干吗跟我回家，还跑到我家里来？鲍承发说，我不放心。柳侍衣说，那你还是想睡我。鲍承发说，我爱你。鲍承发说完，柳侍衣笑得更大声了。她歪歪斜斜地站起来，指着鲍承发说，你说你爱我，你爱我？那你离婚，你离婚了来娶我。说完，身体一软趴在了床上。等她醒来，她发现她的鞋子脱掉了，袜子脱掉了，和衣躺在床上。她的包放在沙发上，屋里收拾得整整齐齐。柳侍衣头有点疼，昨天晚上喝得太多了。每年一次，在她生日那天，她会把重要的熟客约在一起喝酒，算是回报客户。她记得是鲍承发送她回家的。她的裤子和文胸没有动过的迹象，柳侍衣确信鲍承发没有碰她，她还没有喝到失忆的地步。柳侍衣拿起手机看了看，有鲍承发的信息，他说，你说真的？柳侍衣回，什么？一会儿，鲍承发回，我离婚了娶你。柳侍衣把手机扔到沙发上，揉了揉眼睛骂了句，傻×。她还很困，想再睡一会儿。

有两个月，鲍承发没来找柳侍衣，这让柳侍衣有些不安。她打电话给鲍承发，鲍承发不接。柳侍衣想，这他妈真是个傻×。她想过，如果鲍承发真的离婚了，向她求婚，她会不会嫁给鲍承发？不会，鲍承发不是她想要的男人。他有钱，这是很多像她一样的姑娘想要的。他还不老，这也是合适的。为了哄她，鲍承发倒了两万多的酒，这事儿很感人，但没有用。柳侍衣想过夏侯淳，如果夏侯淳愿意娶她，她想，她会嫁给他。她的名字还是夏侯淳取的。如果夏侯淳愿意，她甚至愿意打扮成他的女学生的样子，给他欢乐。再见到鲍承发，柳侍衣吃了一惊，两个月没见，鲍承发老了，瘦了。见到柳侍衣，鲍承发说，对不起。柳侍衣说，有什么对不起的，你又不欠我什么。鲍承发说，我说过要离婚娶你。柳侍衣说，我不要你娶我，那天我喝多了。鲍承发说，我知道你喝多了，可我想娶你。柳侍衣说，我不愿意。鲍承发说，我搞不懂你们女人。柳侍衣问，怎么了？鲍承发说，我想和姚林风离婚，我受够了。柳侍衣问，她不肯？鲍承发说，我搞不懂她为什么不肯。她不爱我，一点都不爱，这你也知道。我以为我提出离婚，她会松一口气，会爽爽利利地离婚，她不肯。柳侍衣问，为什么？鲍承发说，我也问过，她不说，反正就是不肯。柳侍衣说，女人的心思，很难懂的，可能她觉得对不起你吧。鲍承发说，我揍她，像揍一条狗一样揍她，她不肯。我×她，×得她流血了，她还是不肯。我说，你要钱的话，我净身出户，她还是不肯。柳侍衣身上抖了一下，她相信鲍承发说的话，这样的事情他做得出来。她想象了一下现场的场景：鲍承发剥光了姚林风的衣服，扇她耳光，姚林风的头发乱成一团，随着鲍承发扇耳光的手飘起，停留在空气中。鲍承发抓着姚林风的头发，把她的头狠狠地撞到墙上、床上、地板上，"砰砰砰"地响。姚林风跪在地上，她那被咬掉了一只乳头的乳房青紫，由于惊恐而索索发抖。"啪啪啪"，鲍承发一脚一脚踢着姚林风的屁股，她丰满诱人的臀部像一只梨球，被拳手反复击打。这本是该让男人好好爱惜的地方，像是一个目标。鲍承发骑在姚林风身上，死死地按住她，拿火机烧光了她的阴毛，"蓬"的一团火，焦臭的味道。柳侍衣闭上了眼睛，对鲍承发说，你别说了，你让我恶心。鲍承发说，我要离婚，我想娶你。柳侍衣说，不。不，她不能想象，和这样的男人生活在一起。

卷四：顾惜持行旅图

范宽的作品多取材于其家乡陕西关中一带的山岳，雄阔壮美，笔力浑厚。注意写生，多采用全景式高远构图，范宽善用雨点皴和积墨法，以造成"如行夜山"般的沉郁效果。范宽还善画雪景，此是其一大创造，被誉为"画山画骨更画魂"。所画的崇山峻岭，往往以顶天立地的章法突出雄伟壮观的气势，山麓画以丛生的密林，成功地刻画出北方关陕地区"山峦浑厚，势状雄强"的特色。徐悲鸿曾说："中国所有之宝，故宫有其二。吾所最倾倒者，则为范中立《溪山行旅图》，大气磅礴，沉雄高古，诚辟易万人之作。此幅既系巨帧，而一山头，几占全幅面积三分之二，章法突兀，使人咋舌！"

《溪山行旅图》描绘的是典型的北国景色，树叶间有

"范宽"二字题款。图上重山迭峰，雄深苍莽。扑面而来的大山占了整个画面的三分之二，给人的第一印象就是雄伟、高壮，造成凝重逼人的气势。山头茂林丛密，两峰相交处一白色飞瀑如银线飞流而下，在严肃、静穆的气氛中增加了一分动意。近处怪石箕居，大石横卧于冈丘，其间杂树丛生，亭台楼阁露于树巅，溪水奔腾着向远处流去，石径斜坡透迤于密林荫底。山阴道中，从右至左行来一队旅客，四头骡马载着货物正艰难地跋涉着。

北宋@范宽：《溪山行旅图》

门外有鸟叫，室内点了沉香，这是好日子。再好的日子不过也是这样了。顾惜持每天起得很早，即使前一天喝过了酒。他依然会在早上六点半醒来，前后相差不会超过十分钟。通常，他会在床上盘腿坐一会儿，双目微闭。门外的鸟声一声一声地传过来，夹杂着松果或者枯枝落到地上的声音。西山寺的钟声清亮、悠远，从树梢进入望水斋，熟悉的客人一般。顾惜持生活规律。吃过早餐，他练练书法，看看书，整个上午都是清静的。他的客人多在下午或者晚上过来，等他午睡之后。这天下午，顾惜持心里不大安定，他午睡睡得不太好，老是

208

做梦，他在悬崖边上奔跑，看不清的东西在后面追赶着他。顾惜持冲了杯茶，喝了，又到院子里转了一会儿。这个院子花费了他大半生的心血，他想他会在这儿终老。在外人看起来，顾惜持过得自在，孤身一人，无牵无挂。他也这么想。

柳侍衣一个人来的，她打了辆的士。进了院子，顾惜持和柳侍衣打过招呼，问柳侍衣喝点什么。柳侍衣说，白开水就好了，要是有红茶也可以喝点红茶。顾惜持说，还是给你冲点红茶吧，你这整天喝酒，喝点红茶养胃。柳侍衣说，那谢谢大师了。柳侍衣坐在院子里，太阳斜了下去，靠墙的地方都是阴影，另一角还有些光。这是一天中光线最为柔和的时刻，适合拍照。柳侍衣拿出手机照了照镜子，她对她的妆容感到满意，淡而不俗。顾惜持从里面端了茶杯过来说，今天怎么一个人来了？柳侍衣说，我一个人不能来了？顾惜持在柳侍衣对面坐下说，你昨天打电话给我，我还以为你会和他们一起来。柳侍衣说，大师真这么想？顾惜持说，那你认为呢？柳侍衣说，我觉得大师不会这么想，你这是在糊弄我。顾惜持说，倒没有糊弄你，我有点意外。要说你过来，我想不是和陶铮语，就是和古修泉。一个人来，我没想到。

柳侍衣说，大师这么聪明的人怎么会没想到，我要是和他们一起来，还要我给你打电话？顾惜持说，那倒也是。昨天一接到电话，顾惜持想到了，柳侍衣打电话给他，肯定是想避开陶铮语和古修泉。至于为什么，顾惜持是真不知道。每次来望水斋，柳侍衣都是陪客，要么陪陶铮语，要么陪古修泉。唯一作为主角的那次，还是古修泉向她道谢，姚林风也在。和柳侍衣交往的多了，顾惜持看柳侍衣的眼色不一样了。这个姑娘虽然混的是风月场，风尘气却不大，行为举止透着聪明，又不是油滑和世故的那种。顾惜持说，那你找我是有事了？柳侍衣说，没事就不能找大师聊聊天了？顾惜持说，我一个老头子，有什么好聊的。柳侍衣说，大师这就太谦虚了，整个铁城，哪个不想和大师聊聊天。都说和大师聊一次天，能清醒三年。顾惜持说，这话怕是你说的吧？还三年，我自己都是糊涂的。柳侍衣喝了口茶说，不瞒大师，确实是有事找你。顾惜持说，你说。柳侍衣说，大师，那我就直说了。古修泉想搞禅修班，你到底怎么想？顾惜持像是松了口气，你想问这个？柳侍衣说，那大师以为我想问什么？顾惜持说，我以为你想问鲍承发和姚林风的事。柳侍衣说，他们两个能有什么事？顾惜持说，小柳，虽然我整天待在山上，这些事情我还是知道的。柳侍衣说，大师，我们先不谈这个。顾惜持说，我觉得倒不如先谈谈这个。

顾惜持起身给柳侍衣加水，像是随意地说了句，要不晚上一起吃饭，慢慢聊，不耽误你上班吧？柳侍衣说，我请了假。顾惜持说，那就好。说罢，交代老陈做几个菜。和柳侍衣说话间，顾惜持接了几个电话，有人想来望水斋，顾惜持说正忙，一一拒绝了。柳侍衣见状说，大师，不好意思，耽误你时间了。顾惜持说，哪里的话，你来一次，我很高兴。平时和他们说得多，和你没说上几句。柳侍衣说，那我这次命好，能得大师开示。顾惜持说，你和鲍承发的事情我听说了，这个人危险，你离他远些。柳侍衣说，他危险不危险和我没关系，打开门做生意，我不能拒了他一人。顾惜持说，听说他在闹离婚，事情搞得很僵。柳侍衣说，这个我知道。顾惜持说，前些天姚林风也来了，气色不太好。姚林风的性格我了解，她说不离，那估计离不了。柳侍衣问，大师，你是不是觉得我想鲍承发离婚，然后娶我？顾惜持说，外面的人都这么说。柳侍衣说，外面的人怎么说我管不了，我这辈子就算嫁不了人，嫁猪嫁狗，我也不会嫁给鲍承发，他一厢情愿。顾惜持说，你们这个事情，搞得太复杂了，我知道你一直对陶铮语好，因为修泉的事把你拖下水，一笔烂账。柳侍衣眼睛红了。顾惜持问，陶铮语知道这些事吧？柳侍衣说，我不晓得有人对他说没。顾惜持喝了口茶，吹了吹杯沿的茶沫说，他不知道也好。不过，姚林风不肯离，我想跟她父亲有关系，她父亲不死，她离不了这个婚。柳侍衣问，怎么讲？顾惜持说，你不知道？柳侍衣说，隐隐听鲍承发讲过一点，具体不太清楚。顾惜持说，哦，这样。这说来话就长了，我简单说几句。姚林风她父亲当年在局长位置上犯事，事情闹得很大，据说是要判死刑的。姚林风急，到处求人，当年一帮人求着她，这会儿一个人都找不到了。鲍承发站了出来。姚林风那会儿还年轻，长得也漂亮，鲍承发追了她好几年，她一直不爱搭理，骨子里看不上。鲍承发花了不少钱，把死刑改了有期。两个人结了婚，鲍承发又想尽办法办了保外，算是把她父亲给捞出来了。老爷子对鲍承发千恩万谢，再说鲍承发用钱又大方，老爷子一辈子吃喝玩乐惯了，有这么个女婿供养着过得舒服。姚林风要是想离婚，除非老爷子先死了。顾惜持说完，柳侍衣笑了笑说，顾大师，你觉得姚林风真是这样的人？顾惜持说，样子看着烈的人，心里往往软。柳侍衣说，可能也是吧。柳侍衣想起了姚林风那张拒人千里之外的脸，只有在古修泉面前，她才像个女人。姚林风和古修泉出双入对，在铁城人尽皆知。想到这儿，柳侍衣有点同情鲍承发。她想，如果她是鲍承发，古修泉有九条命也该死了。

灯亮了，桌上摆了五个菜碗。鱼是清蒸海鲈，做了支竹焖羊腩，还有姜葱炒蛏子，外加两个青菜。顾惜持给柳侍衣摆好碗筷说，简单了点。柳侍衣说，这就不简单了，麻烦大师了。顾惜持说，你要不要喝点酒？柳侍衣放下筷子说，看到这一桌子的好菜，倒真是想喝点了。顾惜持站起身说，前些天陶铮语给我送了一箱红酒过来，还没打开喝，你来了正好，打开尝一下。顾惜持进了旁边的房间，出来时手里拿了一瓶红酒，还有一个开瓶器。把酒开了，又拿了两个红酒杯过来说，我们两个人就不讲究了，直接倒杯里了。等两个人把酒倒上，老陈已经吃完了饭，要下桌。顾惜持说，你那么急干什么，一起喝点。老陈说，不喝了不喝了，我家里还有点事，我先回去了，一会儿你自己收拾下。顾惜持说，既然家里有事，就不勉强你了。老陈收拾了自己的碗筷，又清了下桌面，和顾惜持打个招呼，出了望水斋。等老陈出了门，顾惜持举起酒杯说，有什么事都等酒喝完了再说。把一瓶酒喝完，顾惜持又开了一瓶，给柳侍衣倒酒时，顾惜持一只手放在柳侍衣肩上说，小柳，你很像一个人。柳侍衣笑起来说，顾大师，这个桥段太老了吧。顾惜持收回手说，桥段是老了，故事倒是真的。柳侍衣说，我第一次看你，也觉得你眼熟，想不起来。顾惜持说，现在想起来了？柳侍衣摇了摇头说，还是想不起来。顾惜持说，我一看到你就想起来了，我认识你大姐。顾惜持说完，柳侍衣仔细看了顾惜持一眼，她想起来了，眉眼都还在，样子变了。柳侍衣说，你样子变了。顾惜持说，这么些年了，样子哪能不变。柳侍衣说，都是过去的事情了。顾惜持碰了下杯说，也是，都是过去的事情了，我们不说这个。柳侍衣喝了杯酒说，一下子不知道说什么好了。顾惜持说，下午你问我禅修班的事，你怎么想？柳侍衣说，我说不清楚，反正不喜欢，总觉得不对劲。顾惜持笑了起来说，修泉那点心思我清楚，他不关心禅修的事，他关心钱。柳侍衣说，这个钱赚得能心安吗？顾惜持说，那要看你怎么看了，把钱花在禅修上，总比花在花天酒地上要好，你说是不是？柳侍衣说，那你的意思是也想办这个班了？顾惜持说，我还没想好。柳侍衣说，前几天我去了南山寺，一帮人坐在院子里喝酒吃狗肉，有和尚有商人，还有我。顾惜持说，小柳，有些事情你也别太认真了，计较不过来。柳侍衣说，我信佛。顾惜持看了看柳侍衣说，哦，这个我倒没想到。

送柳侍衣出门时，顾惜持抱了抱柳侍衣，他从柳侍衣的脖颈处闻到了熟悉的香气，巧克力般的味道。他的手环住柳侍衣的腰，滑下来轻轻拍了拍柳侍衣的屁股。柳侍衣垂下眼说，大师。顾惜持松开手说，对不起，有点喝多了。柳侍衣用舌尖顶了下上嘴唇问，大师，你一个人睡吗？顾惜持说，习惯了。柳侍衣说，我今晚不想一个人睡。顾惜持眼里闪出光来，又暗下来说，你喝多了，早点回去。柳侍衣说，我听我姐讲过。顾惜持说，不说了。说罢，把柳侍衣送到门口说，我就不送你回去了。他转身进了望水斋，把门关上了。明月当空，树影婆娑，院子里似乎还有香气。顾惜持回到桌子边上，望着柳侍衣吃剩的鱼骨。他拿起来，放进嘴里吮了吮，盐，还有淡淡的腥味。顾惜持躺在床上，闭着眼睛，他整个人像是飞了起来，在云雾里飞。他好像看到有人向他招手，叫他过去。梅花开了一片又一片，冷。山上有雪，有人在哭，他听到河水喧哗。顾惜持醒来时，他的眼睛有些胀。他给自己做了早餐。

　　和古修泉一起去南山寺在一个礼拜后。古修泉来望水斋，和顾惜持聊了一会儿说，大师，我们找了个地方，你哪天有空去看看。顾惜持答应了。古修泉和他讲了计划，顾惜持听。古修泉说，大师，这个项目要是启动起来，非常吓人。顾惜持问，怎么个吓人法？古修泉说，大师，你想啊，以你的名气和人脉，这个班一旦开起来，还不得垄断铁城的市场啊？铁城虽然人算不上多，老板却不少，大大小小就算一万个，每人花一万块钱，那也是一个亿的规模。再拓展周边市场，那少说也是几个亿的规模。如果我们把它搞成连锁，那不是不得了？顾惜持笑了起来说，你想得挺美好的。古修泉说，不是想得美好，它会变成事实。出发那天，古修泉约了陶铮语。到了南山寺，顾惜持走了一圈对古修泉说，这个地方不错。古修泉说，那当然，千挑万选的。一行人到院子里坐下，顾惜持问，今天晚上吃什么？刘德福说，大师想吃什么尽管说。顾惜持扫了古修泉一眼说，我听小柳说，你们上次来吃的狗肉？听顾惜持说完，刘德福说，大师想吃狗肉，这个容易，我马上安排。顾惜持说，那最好了。

　　等狗肉摆上桌，酒打开。顾惜持拿着筷子，望着一盆狗肉说，上次吃狗肉怕是有十几年了。古修泉说，那大师多吃点，也不知道大师喜欢这个。要是知道，随时奉上。顾惜持夹了一块狗肉放在碗里说，今晚我想喝点酒，修泉你不介意吧？古修泉说，大师，你这是什么意思，我怎么会介意。说完，扭过头对陶铮语说，陶总，我怎么感觉大师今晚怪怪的，有点不对劲。陶铮语说，我倒没觉得。古修泉说，那是我敏感了。顾惜持喝了杯酒，对古修泉说，修泉，我记得我给你讲过我上山三年的事吧？古修泉连忙点头说，讲过，讲过，我记得。大师说在山上碰到师父，你跟了他三年，端茶倒水，身前身后的伺候，你佛学的底子也是那时候打下的。这是大师的机缘啊，能碰上世外高人。顾惜持说，其实我老实对你说，那不是什么世外高人，不过是个野和尚。他那个小庙，一共两间瓦房，里面什么都没有。古修泉说，高人不在乎形式，佛在心中，真有心修行，哪里都是道场。顾惜持说，跟着师父三年，别的没学到，狗肉吃得不少。一到冬天，师父带着我下山打狗。你知道山下农家的狗都是看家护院的，打条狗也不容易，夜里来夜里走。顾惜持说完，刘德福笑了起来说，大师，你师父怕是降龙罗汉转世的。顾惜持说，一条狗，我们两个人能吃上好几天。别的事忘记了，师父做的狗肉那是天下一绝。吃过了师父做的狗肉，再吃别的，吃不下去，我也好多年没吃过狗肉了。刘德福问，那大师觉得今天的怎样？顾惜持吃了一口说，也还不错，和师父的比，还是差了点味道。刘德福举起酒杯说，凡夫俗子做的，哪能和降龙罗汉做的比。顾大师，我敬你一杯。喝完酒，顾惜持问古修泉，那你知道我为什么要上山吗？古修泉说，大师，这个我就真不知道了，你也没给我讲过。顾惜持说，当年我在深圳，和一个女的好过。后来，她不要我，我想找个地方去死，死得越远越好，越没有人知道越好。我到了山里，饿了三天，还是下不了决心去死。古修泉说，没想到大师还有这段情缘，也是性情中人。顾惜持说，陶总，要是你你怎么办？陶铮语愣了一下，我？要是我我就下山了。众人都笑。顾惜持说，我不想下山，又不想死，你说我该怎么办？古修泉插话道，这时候降龙罗汉出现了。顾惜持说，师父把我带回去，也没说什么，给我吃喝，我跟了他。三年之后下山，我好像看开了。刘德福说，大师，你这是禅宗的境界啊。顾惜持连连摆了摆手说，禅宗，什么是禅宗，我搞不清楚。古修泉说，大师，今晚不讨论佛学，我们好好喝酒。顾惜持说，好，今天我想醉一个。古修泉给陶铮语一个眼色，和刘德福一起站起来说，大师，别的话我们不敢说，这个愿望我们还能满足你。

月朗星稀，喝酒的好日子。院外的岩壁蒙上银灰，岩上的杂树墨色中带点绿意。顾惜持平时也喝酒，喝得不多，他多半是在看人喝，属于醉了还带三分醒的那种人。喝到六七分，顾惜持从座位上站起来，向着岩壁举起杯子，深鞠躬下去，直起身大声喝问，师父，你可认识我，你可认识我？古修泉和陶铮语围站在旁看着。顾惜持将杯中酒倒在地上，倒尽酒，又一用力将酒杯扔到院外的岩壁上。刘德福以为顾惜持喝多了，正准备伸手去扶他。古修泉说，没事，没事，让大师静一会儿。顾惜持双手捂住脸，像是在抽泣。稍后，他揉了揉脸，坐下来说，见笑了见笑了，喝多了。刘德福说，大师性情。古修泉又给顾惜持倒上酒说，大师，今天我们好好喝个痛快。顾惜持说，此情此景，让我想起一些往事，所谓触景生情，不过如此。刘总，南山寺是个好地方，好地方。刘德福说，大师喜欢，那最好不过了。顾惜持手持酒杯站起身说，我给你们读首诗吧，陶潜的。说罢，拉了拉衣角，朗声读道"亲戚或余悲，他人亦已歌。死去何所道，托体同山阿"。读完说道，陶潜这才是大境界，看透生死啊。读完，又把酒倒在了地上。刘德福见状，低声对古修泉说，古总，顾大师以前也这么喝酒的？这个倒法，喝一晚上也喝不好啊。古修泉说，哪里的话，顾大师今天是情绪上来了，触景生情知道吧，触景生情。刘德福说，他触得生动，我就尴尬了。古修泉说，没事，让他抒完情，我们继续喝起。顾惜持闹腾了一会儿，大概是觉察到都在哄他，倒了个满杯逐一碰过说，见笑了，人年纪大了怪癖多。继续喝了一会儿，顾惜持趴在了桌子上。古修泉对陶铮语说，你怎么样？陶铮语说，我还好，没怎么喝。古修泉说，你不光酒没怎么喝，话也没怎么说。陶铮语说，你的主场，我不过是个配戏的，我说什么。古修泉说，我们两个说这个就见外了。陶铮语说，大师今天状况不太对啊。古修泉说，我早看出来了，可能真的是触景生情了吧。陶铮语说，想起往事来了。见顾惜持喝多了，刘德福说，你们两个先聊会儿，我先把顾大师照顾好。

　　过了一会儿，刘德福过来了。陶铮语问，顾大师睡了？刘德福说，把他房间安排好了，放心。刘德福脸上带着笑，古修泉问，你笑什么？刘德福说，明天你就知道了。古修泉说，刘总，你这笑得我心里发麻，搞什么名堂？刘德福笑得更厉害了。陶铮语坐不住了，站起来想去顾惜持房间。刘德福一把把陶铮语拉住说，人家办事，你去什么。陶铮语一愣。刘德福说，我给顾大师安排了一个姑娘。陶铮语甩开刘德福的手说，你他妈这是瞎搞。古修泉连忙站起来，拉住陶铮语，把他按到座位上说，就算刘总瞎搞，你现在冲进去算什么，坐下，坐下。古修泉给陶铮语倒了杯酒说，你先坐下，有什么事完了再说。又指着刘德福说，刘总，你这过分了，过分了。等陶铮语坐稳了，刘德福慢条斯理地说，你们这就不懂了，顾大师今晚这个样子，你以为真是因为想起了山上的事。那你们真是想简单了。他上山为什么？受了女人的伤嘛。从哪里跌倒从哪里爬起来，从哪儿受的伤从哪儿治好。古修泉说，你这一说，也有道理。陶铮语又喝了杯酒。古修泉对陶铮语说，陶总，顾大师也是个男人，你别想多了。几个人又胡乱喝了些酒，各自睡去了。

　　睡到半夜，顾惜持醒了，他想喝杯水。好些年没喝多了，人不舒服。他躺在床上，想了想晚上的情景。他好像喝多了，说了些胡话。他忘记他是怎么进房间的了。他好像做了一个梦。梦中有一个他熟悉的女人帮他脱掉了衣服，拿热毛巾给他擦脸。她问他，你喝多了？他说，喝多了。女人笑嘻嘻地说，那你喝多了还能行吗？他问，什么行不行？女人笑嘻嘻的。帮他脱掉衣服，女人也脱了衣服，温热的身体靠着他。顾惜持似乎闻到了茉莉花的香味。他问，你身上的味道怎么变了？女人说，好闻吗？他说，好闻。女人说，你闻到我身上什么味道？他说，茉莉花的香味。女人说，那你喜欢什么味道的？他说，我记得是巧克力味儿的。女人伸出舌头塞到他嘴里，又抽出来问，是这个味道吗？他说，是的，这就对了。女人爬到他身上，在他身上摩擦。他伸手抓住绵软的一团说，你瘦了。女人说，我减肥。顾惜持摸到女人的屁股说，你怎么又胖了？女人说，屁股上的肉怎么都减不下来。女人俯下身去，顾惜持抓住女人的头发说，别。一会儿，女人爬上来问，你怎么了？顾惜持说，我累了。女人说，我没见过这样的。顾惜持说，你知道的。女人贴着他说，你先睡会儿，休息会儿就好了，不急。顾惜持睡着了。他渴醒了，想喝杯水。顾惜持挪了挪身体，他翻过身，手搭在了一具温软的身体上。他用力地想了想，我大概还是在做梦。他有过这种经验，在梦中，他努力猜测他是不是在做梦。是的，还是在做梦。顾惜持想，那我应该不渴。他抱住女人，紧紧贴了过去。女人扭了扭身体说，你醒了？顾惜持说，醒了，发现我在做梦。女人说，那你继续做梦。

等顾惜持再次醒来，他吓了一跳。女人还在熟睡，头发蓬松，脖子毛茸茸的。天微微亮了，不到七点。借着窗外的微光，他看到一个朦胧的女人。他从床上轻声起来，发现他全身上下一丝不挂。顾惜持上了个洗手间，洗了个脸。站在床边看着女人，女人裹在被子里，只看得出身形的起伏。他喝了杯水，嗓子像是被什么黏住了似的，干涩得厉害。看了女人一会儿，顾惜持爬到床上，轻手轻脚一段一段拉开被子。他先看到了女人的背，接着是腰、屁股和腿。被子里散发出女人的味道，顾惜持好多年没有闻过这个味道了，他大口大口呼吸着这迷人的气味，像是想把所有的酒气清理干净。看完女人的身体，顾惜持慢慢躺下，贴了过去。女人突然翻过身说，看完了？顾惜持说，你醒了？女人说，你起床的时候我就醒了。顾惜持说，那你也不说话，吓我一跳。女人说，你很久没碰过女人了吧？顾惜持说，这也能看出来？女人说，你刚才拉开被子看我，本来我想笑的，没笑出来。顾惜持说，对不起。女人拉过顾惜持的手说，你想看就好好看吧，看清楚点儿。女人揭开被子，闭上眼睛，平躺下来。顾惜持给女人盖上被子。女人抱住顾惜持说，你昨天喝太多了，怎么搞你都没用。顾惜持说，对不起，我是个废物。女人笑起来说，哪有什么废物，我来。过了一会儿，女人爬到顾惜持身边说，你真不行？顾惜持说，真不行。女人把顾惜持的手拉过来，放在腰上说，对不起。顾惜持说，你再睡会儿，我该起床了。女人看了看窗外说，还早，再睡会儿。说完，抱住了顾惜持，把头枕在他的胳膊上，脸贴着顾惜持的胸脯，她能听到顾惜持激烈而快速的心跳。鸟开始叫了，一拨一拨，顾惜持想起了望水斋。那儿的鸟叫和这儿的鸟叫略有不同。

　　吃过早饭，顾惜持在南山寺又转了一圈。回到院子里，古修泉和陶铮语正在喝茶。见顾惜持过来，古修泉说，大师刚才去哪里了？到处没见你人。顾惜持说，出去走了一圈，早上空气好，这山里负离子丰富，清心洗肺。顾惜持做了几个扩胸运动，踢了踢腿，又扭了扭腰。古修泉问，大师昨晚睡得好吧？顾惜持说，喝多了，睡

224

得像头猪。古修泉说，跟大师交往这么多年，第一次见大师喝醉，这是触景生情啊。顾惜持说，都是那一盆狗肉给闹的。三个人闲坐着聊了几句天，刘德福来了。见了顾惜持，刘德福说，大师起来了？我还以为大师要过了中午才起来。顾惜持说，老人家起得早，要是平时，六点多就起来了，今天还赖了会儿床。刘德福说，该赖该赖，大师昨天太辛苦了。顾惜持听出了刘德福话里的意思，昨天喝多了，让刘总费心了。刘德福说，应该的，难得大师来一次，以后就是一家人了。古修泉和刘德福谈起禅修班的事。顾惜持说，你们慢慢谈，我和陶总去散个步。出了院子，两人走了一段，早晨的南山寺，远处的山上还弥漫着雾气。大雄宝殿装修得差不多了，金碧辉煌。顾惜持拜过佛，对陶铮语说，陶总，你也拜一下。陶铮语说，我不信佛。顾惜持说，信不信没关系，求个心安。顾惜持摸着殿里的柱子说，陶总，你还记得你给我讲过的事吗？陶铮语说，你说哪个？顾惜持说，奸杀案那个。陶铮语说，记得。顾惜持问，那你还做梦吗？陶铮语说，很久不做了，我快不记得那个女童的样子了。顾惜持问，你还经常梦见自己满手是血，怎么也洗不干净吗？陶铮语说，整天忙得像狗，不想这些事情

225

了。顾惜持说，那你解脱了。陶铮语说，解脱说不上，想通了，那都是命吧。顾惜持说，你去上个香吧，给你送上刑场的那些人。陶铮语说，那就算了，我心里不愧。顾惜持说，那也好。走到院子门口，陶铮语问了句，大师，你真要办这个班？顾惜持反问，有什么不妥吗？陶铮语说，也没什么不妥，只是感觉上似乎不对劲。

回了望水斋，顾惜持几天没有见客，有人打电话来便说不舒服，不方便。热闹的望水斋，一时静下来，也空了。老陈问，顾大师，是不是发生什么事了？顾惜持说，你看我好好的，能有什么事。老陈说，望水斋里天天人来人往的，这一静下来，心里有点发慌。顾惜持笑了，说，这不让你忙活，你还不习惯了。老陈说，还真有点这意思。老陈不爱说话，影子一样，不站阳光底下，不注意，看不到这人。有什么需要，又总是在的。和老陈一起好些年，顾惜持和老陈说话少，他客人太多了。到了晚上，老陈回去了，望水斋里悄无声息。顾惜持坐在毡子上，双目微闭，手搭在膝盖上，他什么都不想想。一个人走到院子门口，他看着"望水斋"三个字，字还不错，黄瘦骨题的。想到黄瘦骨，顾惜持有些想笑，他知道铁城熟行点的都看不起他，倒不是字不行，人品问题。顾惜持上了西山寺，站在山顶的亭子里，他远远地看到铁城，它像一只凶猛的怪兽，张牙舞爪地向外围扩展，越来越大，大得望不到边了。刚来铁城时，顾惜持还年轻，这一晃多少年过去了。寺庙里的和尚慵懒，见到顾惜持点点头算是打过招呼。顾惜持也不多言，他的名声和尚们知道，也不当回事。他们是真和尚，顾惜持名声再大，那也不是佛家的人。

从南山寺回来，古修泉有种不好的预感，他怕这事儿会搞砸了。和顾惜持交往多年，他从没见过顾惜持失态，都是一副云淡风轻的样子。那天晚上的表现，出乎他的意料。顾惜持上山的故事，他听顾惜持讲过，狗肉这个段子第一次听说。以前没说，可能是出于不好意思，学佛的人吃肉本就不是什么名誉的事情，还去打狗，那就更过分了。顾惜持的反应太过反常，这让古修泉担心。想了两天，古修泉给陶铮语打了个电话，约陶铮语一起吃饭。陶铮语说，有什么事情电话里说吧。古修泉说，还是一起吃饭吧，电话里说不清楚。陶铮语想了想说，也好，我们几个也该聚一下了。约的地方还是三溪村，陶铮语喜欢那里的气氛。古修泉到得比陶铮语要早，见陶铮语到了，古修泉说，陶总，我感觉你不喜欢我了。

陶铮语说，你这话是什么意思？古修泉说，这段时间，每次约你吃饭，总是推三阻四的，很不爽快。陶铮语说，那不是事多嘛。古修泉说，事再多，饭总还是要吃的吧。陶铮语说，古总，我们两兄弟就不绕弯子了，你找我是不是想谈禅修班的事情？古修泉说，不光这个，还有顾大师。陶铮语说，顾大师怎么了？古修泉说，你没感觉到顾大师有点不对劲？陶铮语说，没看出来。古修泉说，陶总，这个你就别骗我了，你做警察出身，顾大师这么明显的变化你会看不出来？陶铮语说，人总有个情绪，这也不奇怪。古修泉说，碰到这个节点上，那就奇怪了。你认识顾大师也不是三天两天了，他什么时候这样过？陶铮语说，大概顾大师不太想办这个禅修班吧。古修泉说，应该没那么简单。说完，古修泉压低声调说，陶总，我告诉你一个秘密。陶铮语说，神神叨叨的，什么秘密？古修泉说，顾大师不行。陶铮语说，哪里不行了？古修泉说，顾大师可能阳痿。听古修泉说完，陶铮语说，古总，你真是越来越无聊了，顾大师阳痿关你屁事。再说了，你怎么知道顾大师阳痿，你和他睡过？古修泉也不生气，我们从南山寺回来，刘德福发了短信，说顾大师阳痿。你还记得那天他给顾大师安排了一个姑娘吧？陶铮语说，这和你又有什么关系？古修泉说，说没关系也没关系，说有关系那也有。陶铮语说，那你说来听听看。古修泉说，身体影响情绪，说得夸张点，人的任何反应都和身体机能有密切的关系。比如说你，如果你身体不行了，你看到柳侍衣你什么反应？陶铮语说，我身体没问题。古修泉说，这不是一个假设嘛，你假设一下。陶铮语说，那我可能尽量不和小柳来往了。古修泉说，这就对了。顾大师这么多年没有女人，以前我以为是学佛的原因，现在看来可能是身体原因。陶铮语说，那又如何？古修泉说，我猜顾大师又动了凡心，所以行为反常了。陶铮语说，这个我倒没想到。古修泉说，你没想到的事情多了，我还约了林风和小柳，她们应该快到了。

正说话间，姚林风到了。姚林风刚坐下，柳侍衣也到了。姚林风带了包茶叶，递给陶铮语说，知道陶总是潮州人，潮州人喜欢喝茶，给你带了包茶叶。陶铮语接过茶叶说，谢谢林风了，你一说茶叶，我觉得我是个假潮州人，不怎么喝茶。姚林风说，那你把茶叶还我，我朋友亲自炒的茶，外面买都买不到，给你浪费了。陶铮语把茶叶往怀里拉了下说，送人的东西还有拿回去的道理？茶叶用纸袋包着。陶铮语打开纸袋，捻起一小把来闻了闻说，香，香气干净。姚林风说，那还能有假的，我朋友一年只炒七八斤茶，我这半斤全送给你了。陶铮语说，那我有口福了。人都到齐了，古修泉叫服务生拿了菜单，准备点菜。他对柳侍衣说，小柳，你想吃什么？柳侍衣说，我这穷苦孩子出身的，什么都吃，不挑。古修泉说，你不挑，我们陶总倒是挑得很。陶铮语说，你什么时候见我挑了？古修泉说，你还不挑？请你吃个饭跟什么似的。古修泉照例点了螃蟹，只要姚林风在，螃蟹是必点的。用陶铮语的话说，姚林风上辈子跟螃蟹有仇，这辈子和螃蟹较上劲了。点完菜，古修泉问陶铮语，陶总，禅修班的事情你是个什么态度？陶铮语说，我？我没什么态度。古修泉说，什么叫没什么态度，你总有个想法吧。陶铮语说，你想搞就搞嘛。古修泉说，我当然是想搞，需要你们支持。陶铮语说，我能支持什么？古修泉说，我想你参与进来，我们把资源整合起来，这个事情就成了。陶铮语说，你还是先看看顾大师的意思，他要是不想搞，我们怎么想都是白想。古修泉说，这个当然，你先要支持，我们一起去做顾大师的工作。柳侍衣插了句话，古总，你就这么想搞禅修班？古修泉说，生意嘛，什么生意好做、赚钱，我做什么。柳侍衣说，你这生意都做这么大了，还嫌不够。古修泉说，赚钱哪有够的时候。说完，对柳侍衣说，小柳，这个事情你也帮帮忙，在大师面前说说好话。柳侍衣笑道，古总太看得起我了，我什么分量，能在顾大师面前说话？古修泉说，那就难说了，有人帮腔总比有人拆台好。古修泉开了酒，给大家倒酒，柳侍衣说，我少喝点儿，晚上还要上班。古修泉说，没事，等这儿喝完，我们和你一起过去。柳侍衣看了陶铮语一眼，陶铮语说，你们去吧，我就不去了，这些天累得很。古修泉说，行，听陶总的。到了八点半，柳侍衣和大家碰了碰杯说，你们慢慢喝着，我先回去上班了。柳侍衣刚走没一会儿，陶铮语也走了。等他们都走了，古修泉笑了起来。姚林风问，你笑什么？古修泉说，有意思了。姚林风说，我没看出来，什么有意思了？古修泉说，我猜顾大师和柳侍衣有关系。姚林风说，不会吧，小柳不是和陶总一起吗？古修泉说，我说的不是这个关系，别的，他们之间应该有纠葛。姚林风问，你怎么知道？古修泉说，前几天我们和顾大师一起去南山寺，顾大师情绪明显不对。还说我们上次去吃了狗肉，他想吃狗肉。这事情我没告诉他，陶铮语也不会跟顾大师说这个事，那只能是柳侍衣说的。

这说明什么？说明柳侍衣私下和顾大师见过面，说起过这事。而且，柳侍衣肯定是劝大师不要搞禅修班。姚林风说，不会吧？古修泉说，怎么不会，你认识顾大师这么久，见过顾大师失态没？姚林风说，那倒没有。古修泉说，这说明顾大师和柳侍衣之间有关系，具体什么关系我不清楚，但肯定不一般。我想起一件事，第一次带柳侍衣见顾大师，柳侍衣还说顾大师看她的眼神怪怪的。姚林风说，你这一说，我也想起来了。看他们平时也没什么，藏得这么深。古修泉说，我也是这几天才意识到，你还能看得出来？姚林风打了古修泉一巴掌说，就你聪明。

　　古修泉会来找他，顾惜持心里清楚。他本以为从南山寺回来，古修泉就会来找他。古修泉没有，他沉得住气。过了一个礼拜，顾惜持接到古修泉的电话，说想来看看他。顾惜持放下电话想，该来的总会来的。他收拾了茶台，烧了水。古修泉过来时，手里拎了一大包东西，见到顾惜持，古修泉把东西放下说，大师，给你带了点小礼物。顾惜持说，来就来了，还带什么东西。古修泉说，是个意思，也不是什么贵重东西。顾惜持打开一看，茶叶、酒，还有一条火腿。古修泉说，大师别看这条火腿不起眼，国外过来的，好东西。顾惜持说，这个我信，古总拿过来的当然是好东西。古修泉喝了口茶说，大师，你对南山寺印象怎样？顾惜持说，还不错，环境很好，是个适合修身养性的地方。古修泉说，那我们把禅修班搞起来，大师就当是休息，对你来说，这也不是什么麻烦的事情。顾惜持说，倒也不妨试试。古修泉说，大师这是答应了？顾惜持点点头。古修泉举起茶杯说，大师，我就知道你是个明白人，这也是利人利己的事情。顾惜持说，那你去张罗吧，有需要我的地方说一声。古修泉说，大师放心，我办事还是靠谱的。聊了一会儿天，古修泉说，大师，不说你也知道我这次来是干什么的。既然这样，我也不多说了，我有事先走。顾惜持说，既然来了，吃过饭再走。古修泉笑了说，老是蹭大师的饭，我都不好意思了，等忙过了这几天，我组个局，我们好好庆祝一下。把古修泉送走，顾惜持在院子门口站了一会儿，天色晚了。

　　一连好些天，古修泉没来望水斋，陶铮语倒是来过两次，陪顾惜持聊聊天。他没和顾惜持谈禅修班的事情，顾惜持也没提。相比较古修泉，陶铮语身上的商人气要淡一些。等古修泉再次组局，气氛有些不一样了。还是约的三溪村，顾惜持去过几次，都是陪朋友。古修泉说，今天我们要好好喝一顿。顾惜持问，古总又有什么好消息了？古修泉说，大师，不是我的好消息，是我们的好消息。顾惜持说，事情办成了？古修泉说，不说成，八九不离十了。虽说没来望水斋，古修泉和顾惜持电话打得不少，谈准备情况、各方进度。顾惜持说，那祝贺你。古修泉说，大师客气了，这算是一个好的开端，只要这个头开好了，接下来的事情就是顺理成章的了。在座的还是原班人马，古修泉和姚林风，陶铮语和柳侍衣，顾惜持孤身一人。顾惜持看了柳侍衣一眼说，前几天我去了趟深圳。柳侍衣说，大师去深圳干什么？顾惜持说，也没干什么，算是怀了个旧吧。古修泉笑起来说，原来大师也会怀旧的。顾惜持说，人老了容易怀旧，眼前的事记不得，过去的事情倒是像昨天发生的，清清楚楚摆在眼前。古修泉问，有什么感觉？顾惜持说，跟以前不一样了，房子拆了不少，我以前住在宝安那里，城中村，房子密密麻麻，里面做什么的都有。古修泉说，现在那些村民都发财了，房子一拆，个个千万富翁。顾惜持说，有些感觉是怎么也找不回来了。古修泉说，顾大师怕是有人忘不了吧？顾惜持说，我也是年轻过的。古修泉说，

234

无情未必真英雄，有情总比无情好。顾惜持看着柳侍衣问，小柳，你也在深圳待过吧？柳侍衣说，待过一段时间，半年吧，具体不大记得了。顾惜持问，你对深圳印象怎么样？柳侍衣说，时间短，谈不上印象，我还是喜欢铁城，简单些。古修泉说，大师一怀旧，把我们都牵进去了。顾惜持笑了说，好了好了，不怀旧了，谈正事。古修泉说，大师，我给你汇报一下。南山寺那边都准备好了，随时可以开始，就看大师什么时候方便了。顾惜持问，你想怎么操作？古修泉说，一期班是重点，一期没搞好，后面再想翻身成本高。我想找一些合适的人，说得简单粗暴点，就是找一些铁城有头有脸的人，他们去了，评价好的话，后面就容易了，用我们专业的话讲，这叫口碑传播。并且，我们这个班不是学生补习班，不可能也不适合搞招生宣传，那就低级了。所以，还需要大家找找身边的资源，先带动起来。顾惜持说，你这一搞，我事又多了，少不了人来问我。古修泉说，那是当然，大师是我们的招牌，来的人还不都是冲着大师的。顾惜持说，你就别给我戴高帽了。古修泉说，不是戴高帽，事实如此。说完，古修泉对陶铮语说，陶总，这个班，我们两个都要上。陶铮语说，我？我就不去了，抽

235

不出时间。古修泉说，时间就像乳沟，挤一挤总是有的，你要是不去，这个班就不完美了。陶铮语说，我什么时候变得这么重要了？古修泉说，在我心中，陶总一直都很重要。陶铮语说，我是真怕抽不出时间来。古修泉说，那你想想办法，天天忙得像狗一样，总要放假休息一下。陶铮语说，我尽量吧。古修泉给顾惜持倒了杯酒说，大师，这个班恐怕你要费点心，怎么搞，课怎么上都要靠你来安排，我们不懂。顾惜持说，这个我也没搞过，试试吧。古修泉说，大师的水平我们都是知道的，你就别谦虚了。吃喝到九点，柳侍衣说，我要走了。顾惜持跟着站起来说，我送小柳出去。陶铮语说，我送吧，大师你喝着。古修泉说，陶总，大师想送你就让大师送一下嘛，要不要这么难舍难分的。说完，给陶铮语使了个眼色。陶铮语坐了下来。

顾惜持和柳侍衣一起走出去，走到院子里，顾惜持对柳侍衣说，前几天我去了趟深圳。柳侍衣说，我知道，你刚说了。顾惜持说，你给你姐说声，我不怪她，让她别有什么心理负担，过去的事情就过去了。柳侍衣说，难得你还记得她。顾惜持说，怎么会不记得，我这一辈子的心思都放在她身上了。柳侍衣说，大师，我说句实话，我觉得我姐配不上你惦记。顾惜持说，话不能这么说，大家都不容易，年轻的时候不懂得，现在知道了，晚了。柳侍衣眼睛红了，有泪想掉下来。顾惜持说，小柳，你也不年轻了，虽说不是你长辈，有句话我想跟你说。柳侍衣说，你说。顾惜持说，鲍承发固然不合适，陶铮语也是镜花水月，都是些没根的露水，你总不能一直这么飘着。你不能像我这样，我是没机会了，你还有。柳侍衣说，这些我也想过，不管它了。大师，你别管我，你也管不了。顾惜持说，也是，各自珍重吧。送走柳侍衣，顾惜持给古修泉打了个电话说，我先回去了，你们慢慢喝。顾惜持打了个车，车到烟墩山下，顾惜持对师傅说，就到这儿了。下了车，顾惜持顺着山路回望水斋。他经过西山寺，西山寺里悄无声息，里面黑漆漆的一团，大殿的轮廓模糊。走到西山寺背后，两边都是松树，风声微细，发出"嘶嘶"的声响。望水斋就在前方，顾惜持站在门口，看着"望水斋"三个字，他突然想哭。院子里空荡荡的，没有一点人气。他喜欢人来人往，喜欢望水斋宾朋满座，他害怕独自一人面对望水斋的黑暗和阴冷。顾惜持摸黑进了房间，他懒得开灯。躺在床上，顾惜持想起他在深圳的三天，他一个人关在酒店里，从酒店窗子里看着他当年住过的出租屋。一到晚上，出租屋里的灯亮起来，他看见年轻的男女，他们的影子都是愉悦的，充满活力。他也曾经在那里，那狭窄的床上，和一个女人有着放浪的欢乐。有好几次，顾惜持都有一种冲动，他想走到出租屋门口，敲门，他想进去看看。他知道里面不会有一丝一毫过往的气息，但他知道，那个房间像一个存储器，像他大脑的一部分，只要打开，所有的信息将复活。他害怕记忆死去，也怕它复活。不管死去还是复活，都不是他能承受的。

禅修班开班的日子是古修泉定的，他和顾惜持商量，想听听顾惜持的意见。顾惜持说，你定好就行了，我没有意见。来找顾惜持的人不少，电话就更多了，问起禅修班的事，顾惜持说，大家就当是休息，给自己放个假，别想太多。话是这么说，顾惜持还是做了详细的计划，包括作息表、讲课的内容。他考虑过要不要把道家和风水学融进来，想想还是算了，这个场子不太合适。既然是禅修，那讲讲佛学就好了。戴手串玩佛珠的人是越来越多了，口口声声禅宗的人更是一抓一大把，似乎谁都能说上几句。用古修泉的话说，你不信个佛，都不好意思说见人了。开班前两天，顾惜持去了南山寺，古修泉和他一起去的。见到刘德福，顾惜持说了几句话，他说，刘总，有几点我想先和你讲清楚，大家说明白更好些。刘德福说，大师，你说。顾惜持说，既然我们搞禅修班，那总要有个样子。学员固然要遵守纪律，我们也不要过分了，吃吃喝喝的事情就不要搞了，更不要把外面的人带进来。刘德福说，行，听大师的。顾惜持接着说，还有一个我想提醒一下刘总，寺庙固然是你承包的，禅修班说白了也是个商业行为，我还是想做得纯粹一点，所以如果过程中有什么做得不好的，还请你多担待。刘德福说，大师这是哪里话，你有什么要求尽管说，我们尽全力配合。顾惜持说，那谢谢你了。

开班那天，顾惜持主持开班仪式。来的多半是熟人，即使看着面生的，绕个圈子也是朋友。古修泉和陶铮语坐在下面，顾惜持有种荒诞感。他们两个一脸认真，荒诞感因此更加强烈。他得迅速把这种感觉调整过来，这不是朋友聚会。如果一个班开完，还是这个样子，那么证明开这个班完全是一种失败。禅修班费用不低，八天的班，收费两万八。古修泉说到费用时，顾惜持还说，是不是太高了？古修泉说，不高，这是一个知识付费的年代，大师值这个价。顾惜持说，我觉得这不是为知识付费，是为情绪付费，我不认为他们来上这个班真是冲着佛学来的。古修泉说，即使是为情绪付费，也比为花天酒地付费强，何况他们总会有点收获，这个是肯定的。顾惜持说，尽力而为吧。和学员讲过作息安排，顾惜持说，大家今天刚来，先适应一下。既然来了，不妨把心放进来，外面的滚滚红尘先消停几天，做个素净的人，酒就别喝了，就当是调理下身体。我可能也讲不了什么东西，主要还是靠大家自己体会。平时大家应酬多，睡得晚，今晚大家早点睡，明早五点准时到大殿早课。搞完开班仪式，领了禅修服和教材，人都散了，各自去整理宿舍，整理好宿舍，又在南山寺转了转，熟悉下环境。这一天就过去了。

四点刚过，顾惜持起床了。窗外黑漆漆的一团，他住在禅院里，和学员有一小段距离。顾惜持也有好久没起这么早了。过了四点半，顾惜持走到学员宿舍，灯都亮了，听得见嘈杂的声音。在学员宿舍门口站了几分钟，顾惜持去了大殿。除开他，还有两个小和尚已经到了。过了一会儿，人陆续来了。不到五点，人都齐了，顾惜持说，大家今天表现不错，我给满分。我也不知道大家的底子，早课由我带大家诵经念佛。不会没关系，跟着一起念就好了，体验一下。刚开始，诵经声稀稀拉拉，参差不齐。念了两三个来回，声音齐整了，有了些意思。做完早课，学员用早膳。上午的安排是给学员讲经，顾惜持选的《六祖坛经》，禅修班只有八天时间，能把《六祖坛经》过一遍，算不错了。选这个，顾惜持有他的想法，六祖慧能大家比较熟悉，禅宗热门，学员不至于听得发闷无聊。更重要的是禅宗故事多，讲起来也不费力。第一课顾惜持没有讲经，他讲日常用语和佛教之间的关系。他说，我们现在使用的很多日常词汇，其实都是源自佛典，比如"刹那""因果""世界""镜花水月"，等等。顾惜持通过这些词讲佛典，一堂课下来，学员兴趣高涨，都对顾惜持说，大师，要是你不讲，我还不知道这些和佛典有关系，有意思。顾惜持说，佛典浩瀚，我讲的不过是一点枝节，你们有兴趣以后可以慢慢了解。下午的课主要是抄经，顾惜持选的《金刚经》和《心经》，加起来不过五千多字，抄起来不费劲，也能完整地了解下这两部经典到底说了什么。用过晚膳，顾惜持带着学员打坐静修，一堂课的时间，四十分钟。这些都完了，顾惜持和学员聊聊天，也有学员问些问题，顾惜持一一讲解回答。到了十点，准时休息。一天下来，顾惜持还算满意，基本的模样还在。

　　前五天，禅修班波澜不惊，顾惜持偶尔和古修泉、陶铮语聊聊天。古修泉说，大师，不说别人，我自己感觉这几天很有收获，整个人都轻便了，更不要说心静了。顾惜持说，你说的话，我不太信。古修泉说，我这说的是心里话。第六天晚上，学员都睡了，顾惜持也回了禅院。他看了会儿书，想了想明天该讲什么，禅修班课程过了大半，他要赶在课程结束前把《六祖坛经》讲完。备好课，顾惜持还是睡不着，他在院子里散了会儿步，突然想起来，他从来没检查过学员休息情况。想到这个，顾惜持去了学员宿舍，走到宿舍门口，门关着，里面静悄悄的，一点声音都没有。顾惜持觉得不对劲，太静了。他走到古修泉宿舍门口，敲了敲门，门没开。他又去敲陶铮语的门，敲了几下，里面传出个声音，谁？我睡了。顾惜持说，是我。陶铮语说，大师啊，你稍等。陶铮语打开门，开了灯问，大师，你怎么来了？顾惜持说，我过来看看，看你们都睡了没有。陶铮语说，不到十点就睡了。顾惜持问，都睡了？陶铮语说，都睡了。顾惜持说，你不要骗我。陶铮语说，我骗你干吗。顾惜持出门，一间间的敲门。有起来开门的，有怎么敲都不开的。顾惜持说，有人出去了吧？陶铮语说，我搞不清楚，我每天睡得早。顾惜持看了看表说，才十一点多，我不信这么大动静他们都吵不醒。顾惜持对站在门口的学员说，你们都睡吧，明天还有早课。陶铮语走到顾惜持身边说，大师，你也去睡吧，有些事不用那么认真。顾惜持说，那你是知道的？陶铮语说，我真不知道，这几天难得睡得踏实。顾惜持走了出去，陶铮语说，大师，你这是要去哪里？顾惜持说，我等他们回来。陶铮语说，大师，你这是何必呢。两个人站在学员宿舍院门外，顾惜持不说话，陶铮语陪他站着。到了凌晨一点多，外面有脚步声过来，轻轻巧巧的，怕人听见一般。五六个影子移了过来，见到顾惜持和陶铮语，都站住了。顾惜持说了句，回来了？古修泉说，大师，怎么还没睡？顾惜持说，等你回来。古修泉说，人师，你看这，真是，对不起。顾惜持问，喝酒了？古修泉说，喝了一点。另一个人跟着说，大师，实在受不住了，吃得太清淡，馋得不行了。顾惜持问，就喝酒了？有人嘻嘻哈哈说，大师，都是男人，就不要说得太明白了吧。顾惜持铁青着脸转身回了禅院。古修泉跟在顾惜持身后说，大师，你听我讲。顾惜持说，你回去。古修泉说，大师，你听我讲嘛，大家实在饿得不行了，就下山吃了点东西。顾惜持说，你要是没什么事就回去休息，我也该睡了，明天还有早课。说完，把古修泉推出去，关了门。

到了早课时间，顾惜持去了大殿，人都在，气氛有点尴尬。顾惜持带着学员诵经，效果倒是出奇的好。用过早膳，顾惜持继续讲经，他一直板着脸，面无表情。到了午休时间，古修泉找到顾惜持说，大师，我错了。顾惜持说，你没有错，是我错了。古修泉说，大师要是这样说，那真是羞杀我了。顾惜持说，我这是自取其辱。古修泉说，大师，我向你道歉，我保证不会再有这样的事了。顾惜持说，不会有下次了。古修泉慌了，大师，你可千万别。顾惜持说，你放心，基本的操守我有，这个班我还是会带完。剩下两天，禅修班颇有些样子，顾惜持摇了摇头，这些人，都太聪明了。等到结业，顾惜持站在南山寺门口送学员，都过来和顾惜持说话，说收获良多之类。其他人都走了，剩下古修泉和陶铮语。顾惜持转过身望着"南山寺"三个大字说，地方是个好地方，被人给糟蹋了。古修泉问，大师，我们要不要多住两天？顾惜持说，不住了，回去。陶铮语开车，古修泉坐在副驾，顾惜持坐在后座。顾惜持一路微闭着眼睛，他知道古修泉想和他说话，他不想说话。车开到烟墩山下，顾惜持说，好了，就到这儿了。古修泉说，大师，我们去望水斋喝个茶嘛。顾惜持说，十来天没在家，怕是脏得很，就不请你们上去了。古修泉还想说点什么，陶铮语拍了拍古修泉的手说，大师这些天也累了，你让大师好好休息一下。古修泉说，那我们送大师上去吧。顾惜持说，不了，我走几步。说完，下了车。走回望水斋，顾惜持觉得非常疲惫。他洗了个澡，上床就睡了。等他醒来，已经是第二天中午，好些年他都没有睡成这个样子了。

古修泉给顾惜持打了好多个电话，顾惜持都没接，他不想接，也不想听古修泉说什么。大约过了一个礼拜，古修泉来了望水斋。顾惜持正和客人聊天，见古修泉来了，顾惜持清淡地说了句，来了？古修泉说，好久没见了，来看看大师。顾惜持说，你先坐会儿。说完，继续和客人聊天，当古修泉不存在似的。古修泉说，大师你先忙，我四处转转。等了一个多小时，客人走了。古修泉坐到顾惜持边上说，大师，禅修班的事情确实对不住您，我也是架不住他们哄，脑子一热，就去了。顾惜持说，不是你的主意？古修泉说，真不是我的主意，要是我的主意天打五雷轰，全家死光光。顾惜持说，你不要发这么毒的誓。古修泉说，我是不想去的，又怕他们出去出事，就一起去了，有我在，起码能看着他们点儿。顾惜持一笑，这么说我倒是要感谢你了？古修泉说，大师又在笑话我了。过了好一会儿，顾惜持长叹了一口气说，修泉啊，你什么时候能有点敬畏心，能真诚一些。古修泉没吭声。顾惜持接着说，我看你只有对姚林风还有点真诚，其他什么事你都能做成生意。古修泉说，我本就是个生意人。顾惜持说，我不是说生意人不好，做事要有点底线。就说禅修班这个事，就那么几天，就熬不住了？你是把它当生意场人脉圈来经营吧？古修泉说，大师，你也不是外人，不瞒你说，有这个考虑。顾惜持说，你太聪明了，太聪明了也不好。古修泉从包里拿出一个大信封递给顾惜持说，大师，这是你的劳务费。顾惜持把信封推回说，这个就不用了，我也不是冲着这个去的。古修泉又推回来说，我知道大师不是冲着钱去的，该给的还是要给。顾惜持看了信封一眼说，修泉，禅修班我是不会再去了，你另请高明吧。古修泉说，我想到了。以后我们还是朋友吧？顾惜持说，这个自然。古修泉说，那就好。今晚我陪大师喝一杯，道个歉。顾惜持说，好。两个人没喝多少酒，古修泉有了醉意。他哭了起来，顾惜持看着他哭。等他哭完了，顾惜持说，修泉，你喝多了，早点回去休息。把古修泉送到门口，顾惜持说，修泉，我一直很喜欢你，觉得你聪明。以后有空来喝茶，欢迎。要是想谈生意，你去别的地方。古修泉说，大师，你这是赶我了？顾惜持说，不是赶你，我也慢慢看开了，以后这些事情我不会再参与了。上次帮陶铮语做"福寿云台"的项目，做完我后悔了好久。这次搞禅修班，本来是想好好做点事，结果成了这个样子，我心里也难过。我这一生，也是有罪的，都做了些什么事情。

柳侍衣没想到顾惜持会打电话给她，接到顾惜持电话时，柳侍衣还在睡觉，上午十一点的样子，里外正暖和，她也睡得正好。听到电话响，柳侍衣有些不耐烦，她最讨厌有人上午给她打电话。这一醒过来，再睡难得睡深沉。电话响了两次，柳侍衣抓起电话，正要扔出去，看到了名字，顾惜持打过来的。柳侍衣顿靠在床头，理了理头发，接了电话。顾惜持说，小柳，打扰你休息了吧？柳侍衣说，没事，差不多也该醒了。顾惜持说，本该下午打电话给你的，有点等不及。柳侍衣说，大师有什么话讲，我听着呢。顾惜持说，小柳，你能陪我出去散散心么？柳侍衣问，你想去哪里？顾惜持说，我们去温泉吧，来铁城这么多年，一直听说，没去过。柳侍衣想了想问，过夜？顾惜持说，过夜。柳侍衣说，那好，我收拾一下。挂了电话，柳侍衣简单收拾了两套换洗的衣服。收拾完，柳侍衣开了车，去了望水斋。见到柳侍衣，顾惜持说，小柳，真是麻烦你了，我这种没用的人，出门总要别人招呼。柳侍衣说，大师客气了，又不是外人，多少人想有这个机会都得不到。顾惜持上了车，柳侍衣问，大师真没去过温泉酒店？顾惜持说，听是经常听人说，也有朋友约着一起去，我一个人去那里干什么。柳侍衣笑了说，一个人去有一个人的乐趣。顾惜持说，还是两个人去好一些，不至于显得孤单。柳侍衣没了话。

　　到了酒店，顾惜持开了两间房。进房间放下东西，顾惜持和柳侍衣在酒店散步。温泉酒店在铁城下的一个镇上，说是酒店，不如说是度假村。进酒店要走一条专用道，两旁都是高大的棕榈树，弯弯曲曲走上一两公里，就到了酒店门口。一进门是一个巨大的停车场，然后是大堂。穿过大堂，里面是一个大院子，种了各色的树。过了院子，顿时开阔起来，山丘起伏，可以爬山，也可以打高尔夫，据说这是全国第一个标准高尔夫球场。十几年前，温泉酒店主要招待外宾和领导，平头百姓难得进去一次。后来开放了，铁城的权贵把温泉酒店当成了社交场子。很快，各色酒店开了起来，温泉酒店慢慢被冷落了，虽说架子还在，毕竟比不得当年的辉煌了。再来温泉酒店，不是泡温泉，就是打球，再不吃饭，不太具备当年的社交功能了。顾惜持和柳侍衣一起爬山，山不高，沿着石阶上去，好几个休息的亭子，树倒是密密麻麻，透不过风来。山上有沉香树，野生的，都是宝贝。顾惜持走得很慢，一边走一边看，和柳侍衣说几句话。爬到山顶上，视野开阔了，也有风过来。柳侍衣说，倒是有些热了。顾惜持说，再矮的山它也是山。还不是周末，酒店本就没多少人，山上人就更少了，除开偶尔一两个经过的，整个山上似乎就剩他们两人。柳侍衣问顾惜持，大师今天约我，怕是有事情吧？顾惜持说，说有事情可以，说没事情也行。柳侍衣笑了，大师又来玄的了。顾惜持说，倒不是玄，该说的话都说过了，不说你也明白。柳侍衣说，我没想到大师会约我。顾惜持说，你想什么了？柳侍衣说，没想什么，就是觉得难得。顾惜持说，我确实也有几句话想对你说。柳侍衣说，电话里说不也一样的，这么兴师动众的。顾惜持说，我天天待在望水斋，也待烦了，想出来转一下，想来想去，也不知道找谁好，就找到你了，耽误你时间了。柳侍衣说，我的时间不值钱，无所谓的。顾惜持望了望远处说，真是偷得浮生半日闲。两人在山顶聊了一会儿，下了山，回了酒店。

　　吃过晚饭，顾惜持和柳侍衣去泡温泉。柳侍衣换了泳衣出来，顾惜持死盯着柳侍衣，像是他不这么盯着，柳侍衣就会突然消失了一般。顾惜持靠在温泉池里，看着柳侍衣走过来，柳侍衣腿长，又白，腰部细瘦，两只乳房鼓鼓地挤压着顾惜持的眼。她的头发扎了起来。柳侍衣一只脚伸进温泉池，试了试水温，顾惜持看到柳侍衣的脚指甲，涂了紫色的指甲油。柳侍衣踏进温泉池，靠着顾惜持坐下说，好久没来泡温泉了。顾惜持的眼光从上到下扫了柳侍衣一遍，柳侍衣两条腿叠起来问，你看什么？顾惜持收回眼光说，你和你姐长得真像，不光样子像，身材也像。柳侍衣说，亲姐妹，像也再正常不过了。顾惜持问，最近和陶铮语还有来往吗？柳侍衣两条腿张开，搅了搅水说，怎么想起问这个了？顾惜持说，想起来就问问。柳侍衣说，他你是知道的，特别理智的一个人。顾惜持说，他还经常去你那里过夜吗？柳侍衣说，去得少，一个月去不了一次。柳侍衣贴到顾惜持边上，今天别说他了，别别扭扭的。顾惜持的肩膀碰到了柳侍衣的肩膀，他伸出手，抓住了柳侍衣的手。柳侍衣不自然地挪了下身体，顾惜持松开柳侍衣的手，把手放在柳侍衣的腿上说，你去玩儿吧，我就在这儿靠一会儿。柳侍衣游了开去，又游回来说，还是挺热的。大大小小的温泉池，冒着热气，地面上湿漉漉的，人不多，多是四十上下的男女，偶尔有年轻的，花朵一样穿插其中。顾惜持看着他的肚子，干瘪。他的大腿，干瘦。他身上没多少肉，即使泡过水，也显不出明亮的光泽来。

　　泡完温泉，两个人回了房间，顾惜持换了睡衣睡裤，靠在床上看电视。隔了一会儿，他听到门铃声。顾惜持起床开了门，柳侍衣侧身进了房间。她洗完澡，换了套丝绸的睡衣。进了房间，柳侍衣问，大师准备睡觉了？顾惜持关了电视说，还没那么早，过一会儿该睡了。柳侍衣说，大师，我今天心里特别不安稳。顾惜持问，怎么了？柳侍衣说，你心里明白。顾惜持说，你这话让我糊涂了。柳侍衣说，从出门到现在，我总觉得今天特别奇怪，我搞不清楚你想干什么。下午在山上你不说，泡温泉你不说，回到房间你还是没说。顾惜持说，小柳，我没别的意思，真的，我就想和你单独待一会儿，聊聊天，说说话。柳侍衣说，你给我挪点位置。顾惜持往床边挪了挪，柳侍衣掀开被子，靠到顾惜持边上说，你想不想要我？顾惜持说，我没那个意思。柳侍衣说，我长得不好看？顾惜持说，好看。柳侍衣说，我比不上我姐？顾惜持说，你比你姐好看。柳侍衣说，那你怎么不要我？顾惜持说，小柳，很多事情你还不懂。柳侍衣笑起来说，我有什么不懂的，别的我没见过，男人我见得多。顾惜持说，看到你让我想起你姐。柳侍衣说，你就当我姐死了。顾惜持说，这个我做不到。柳侍衣说，你就这么看不上我？顾惜持说，你想到哪里去了。柳侍衣说，那是因为陶铮语和鲍承发的原因？顾惜持说，越说越离谱了。柳侍衣说，那你为什么不要我？顾惜持说，我不行，也过不了心里那个坎。柳侍衣拉过顾惜持的手，塞进睡衣里面，头靠在顾惜持肩膀上。顾惜持的手抖了一下，抽了出来。柳侍衣抬起头，扑到顾惜持身上，把他按在了床上。柳侍衣脱掉了顾惜持的睡衣，又脱了自己的。顾惜持推着柳侍衣的身体说，不要这样，不要这样。顾惜持的挣扎加快了柳侍衣的速度，她死死地压着顾惜持。很快，顾惜持的身体松弛下来，他抚摸着柳侍衣的腰说，小柳，不要了，我不行。柳侍衣不管不顾地动作着。过了一会儿，柳侍衣停止了动作，她贴在顾惜持身上说，对不起，我以为你开玩笑的，是为了拒绝我。顾惜持说，自从离开你姐，我就不行了。柳侍衣问，是我姐造成的？顾惜持说，不怪她，错在我。柳侍衣说，我不明白。顾惜持说，你也别问了，你再问，我这张老脸没地方搁。柳侍衣躺下来说，那你摸摸我，就像摸我姐那样。顾惜持转过身，摸了摸柳侍衣的脸说，你还是离开铁城吧，你待在铁城，这辈子也好不了了。说完，起身穿上睡衣，对柳侍衣说，你也过去睡，我也要睡觉了。柳侍衣说，我不过去睡。顾惜持说，那我过去睡。说完，拿柳侍衣的房卡开了门。进了房间，他看到柳侍衣的衣服扔在沙发上，文胸和内裤也是。顾惜持看着衣服，把头埋了下来。

附录：铁城记事

　　那年冬天，铁城格外地冷。进了腊月，温度降到三四度。对北方人来说，这个温度算得上暖和，在铁城就不一样了。铁城空气潮湿，三四度给人感觉像是泡在冰水里。铁城人说，这个冬天怕是过不了了，要死人的。一到晚上，救助站的工作人员到处搜寻桥洞，破旧没人住的老宅，他们要把睡在外面的流浪汉搬到救助站去，免得他们冻死在街上。不仅如此，卖场里本来无人问津的空调又热销起来，尤其是带暖风的空调。在以前，铁城的空调只能制冷，制热的难得一见。这些年，铁城人变娇气了，制热的空调也进入了铁城市场。天一天比一天冷，铁城人总算羡慕起北方了，北方虽然零下二三十度，可人家有供暖，能在室内穿着衬衣打火锅，喝啤酒。

铁城人开始抱怨，为什么南方不供暖，难道南方人就不怕冷了吗？有一天下午，铁城人收到了天气预报，说铁城明天要下雪。收到信息那一瞬间，铁城人笑得嘴都酸了，他妈的，搞天气预报的怕是喝醉酒了吧。铁城人看不上搞天气预报的，却很欣赏他们的更新速度，天刚下过雨，你一看手机，天气预报说"雨"，刚刚还是"阴"呢。天黑沉沉的，让人不舒服。朋友们见了面说，明天要下雪了，来喝酒啊。铁城不是没下过雪，自有气象记录以来，铁城下过两次雪，平均六十三年一次。他们不相信这运气会降临到他们头上。

第二天早晨，铁城人起床了，该上班的上班，该上学的上学。天依然阴沉，没有一点雪。铁城人说，这傻×天气预报，唯一准确的就是它从来没准过。到了中午，正是午睡的时间，有人听到了细碎的"噼啪"声，像雨又不像，像冰雹又不够力度。再说冬天了，冰雹不会来了。好奇的铁城人打开窗，伸出手去，细冷的颗粒从他们手上蹦了开去。铁城人沸腾起来，他妈的，真下雪了，下雪子子了。没见过雪的铁城人跑到街上、单位的院子里，看着天空，他们想看到漫天的雪花飘下来，像电视里看到的那样。雪下得不紧不慢，一颗一颗的雪子子落到地上，弹开，迅速地融化掉。等到下午四点，铁城人的脖子都酸了，对雪子子也失去了兴趣。这时，小片小片的雪花终于碎泡沫样飘了下来。明天是周末，铁城人幻想着，等他们醒来，雪积在山上、树上、屋顶上，他们不敢奢望雪铺满街道。即使如此，他们也能带着孩子去山上看雪，拍拍照片，给孩子堆一个萝卜大的雪人。下班了，雪还在下，不少铁城人都在给朋友打电话，下雪啦，来喝酒。下雪是喝酒的好日子，外面是冰冷的雪，屋里暖和，喝上几杯酒，看雪落下来，多么诗意。

等铁城人醒来，让他们高兴的是雪虽然停了，却在山上铺了一层。电视新闻和微博上全是雪的信息。据报道，这场雪是铁城一百多年来最大的一场雪。住在高层的人们从窗户望去，能看到远处屋顶和山上的白。一整天，铁城人被雪包围，整个世界都消失了，只有雪，雪，雪。它像一个魔鬼，吸引了铁城人所有的注意力。到了晚上，雪融化得差不多了，铁城人才从兴奋中缓过神来，进入他们习惯的日常生活。妈的，太冷了。他们抖抖索索地爬进被子，想用自己的身体把被子暖过来。白天，陶铮语和陶慧玲也去山上看雪了，他们去的大尖山，铁城最高的山峰，海拔二百八十三点四四米。山下的停车场早早塞满了，看雪的车沿着停车场一直停到马路上，绵延数公里。不少警察站在马路上、停车场、山道上维护秩序，这是铁城的大日子。几十年了，他们也是第一次在铁城见到雪。上山的路上，人挤着人。到了半山腰，雪厚了起来，盖住了地上的草丛，铁城人伸手抚摸雪，像抚摸初生的婴儿，手势里充满爱惜。人们手里拿着相机、手机，几乎每一片雪花都进入了他们的镜头。山顶只能容纳五六十个人，人分成两队，左下右上，走到山顶上，环视一眼四周，拍张照片就下来。遇到赖着不肯走的，后面的人喧闹起来。警察就喊，大家保持秩序，走起来，走起来。回到家，陶慧玲对陶铮语说，你们南方人还真是没见过世面，这么点雪就兴奋成这个样子。陶铮语说，这也不奇怪，要是你长这么大没见到狮子，突然见到了，也会兴奋。陶慧玲说，铁城没见过，别的地方还没见过了？陶铮语说，那不一样，铁城下雪和哈尔滨下雪能是一回事吗？两人聊了一会儿，陶慧玲说，好久没爬山，爬一次山，人挤人，搞得我腰酸背疼的，我先睡了。陶铮语说，你睡吧，我晚点。陶铮语去了客厅，电视上正在播雪的消息。看了会儿电视，陶铮语也困了。他正准备睡觉，电话响了。陶铮语拿过手机一看，是个陌生号码。他掐掉了。电话又响了，陶铮语接了电话。那头，一个低沉的声音传过来，陶总，我是老陈。陶铮语怔了一下，哪个老陈？老陈说，顾大师家里的。陶铮语说，哦，陈师傅，有什么事？老陈说，你赶紧来一趟望水斋。陶铮语说，这么晚了，我准备睡了。老陈说，陶总，你千万要过来，顾大师走了。陶铮语说，他去哪儿了？老陈说，死了。陶铮语的手抖了一下，你说什么？老陈说，你赶紧过来，一下子说不清。陶铮语匆忙换了身衣服，进房间对陶慧玲说，我出去一下。陶慧玲说，这么晚出去？陶铮语说，顾大师过世了。陶慧玲有些意外，什么时候的事？陶铮语说，刚刚老陈打电话过来，具体我也不太清楚。

出了门，陶铮语给古修泉打了个电话问，古总，你接到老陈电话没？古修泉说，接到了，我正过去。陶铮语说，我也出发了，到了再说。到了望水斋，陶铮语以为会有很多人，却只看到古修泉和老陈。见陶铮语来了，古修泉声音嘶哑地说，你到了。陶铮语走到里间，顾惜持脸色青紫，脖子上有条勒痕。陶铮语问，什么时候的事情？老陈说，我也不清楚，应该是下午。昨天晚上我回去，顾大师还好好的，陪着几个朋友喝茶，没看出什么异常。陶铮语问，那大师这段时间有没有什么反常的？老陈说，也没有，和以前差不多。陶铮语看了看顾惜持的身体，又围着望水斋走了一圈，回到房间，找个椅子坐了下来。老陈说，我傍晚回来，带了点菜，打算做完饭就回去，一进门就看到大师挂在梁上。陶铮语说，你还看到什么了？老陈拿过一张字条说，这是在顾大师脚底捡到的。陶铮语接过字条，上面写着"不要报警。打电话给陶铮语、古修泉"，下面是他和古修泉的电话。古修泉抽了口烟问陶铮语，大师是自己想不通还是怎样？陶铮语说，如果没意外的话，应该是自杀。古修泉说，大师看起来不像这样的人。陶铮语说，人的事情怎么想得到。古修泉问，那现在怎么办？陶铮语说，报警，先让警察来处理，出鉴定结果。过了一会儿，老陈像是想起了什么一样说，对了，顾大师前几天说过有东西要给你们。陶铮语说，多久以前？老陈说，三天前还是四天前，我想不起来了，顾大师这里每天人来人往的，我也记不清楚。陶铮语说，什么东西？老陈说，用信封装着，我也不知道什么东西。陶铮语说，你还记得放在哪里不？赶紧找找。老陈说，顾大师好像放在书架上了。陶铮语和古修泉站了起来，走到书架边上。一个牛皮纸信封夹在两本书之间。陶铮语抽出来问，是这个吗？老陈说，看着像，你知道，我从来不动他的东西。陶铮语乌青着脸，把信封打开，里面有三封信，上面分别写着古修泉、陶铮语和柳侍衣的名字。陶铮语把一封递给古修泉，另一封放在桌上，打开写着他名字的那封。看完信，陶铮语问古修泉，顾大师跟你说了什么？古修泉把信递给陶铮语说，你自己看。陶铮语接过信，一张白纸，上面一个字都没有写。古修泉问，你那上面写了什么？陶铮语说，我看不懂。古修泉接过陶铮语的信，上面潦草地写了几个字"陶总，麻烦你帮我处理一下小柳的事，谢谢了。顾惜持"。古修泉说，我早就说过他们有问题，你们都不信。陶铮语说，现在说这个没用。古修泉说，把柳侍衣那封打开看看，什么都明白了。陶铮语瞪了古修泉一眼说，这个也能看？古修泉说，我随便说说，又不是真要看。陶铮语把柳侍衣的信放进口袋，又把他的信小心折叠了，放了进去。

法医鉴定结果很快出来了，顾惜持是自杀。顾惜持给柳侍衣的信，陶铮语第二天一早交给了柳侍衣。他站在柳侍衣门口，一声声地敲门。敲了好一会儿，柳侍衣睡眼蒙眬地开了门。见到陶铮语，柳侍衣说，这么早过来了，我困死了。说完，又倒在了床上，还向陶铮语伸出双手，示意陶铮语到床上来。陶铮语从口袋里掏出一封信说，顾大师给你的。柳侍衣接过信，放在床头柜上说，神神叨叨的，有什么事不能说了，还写信。说完，对陶铮语说，你过来嘛，陪我一起睡觉，冷死了。陶铮语说，你还是先看信吧。柳侍衣撒娇道，你这么早来找人家，原来是个送信的，我还以为你是来陪人家的。陶铮语说，顾大师走了。柳侍衣说，走就走了呗。陶铮语说，他死了。柳侍衣眼睛瞪大了，你说什么？顾惜持说，顾大师死了，昨天的事。柳侍衣从床上爬起来说，你不是吓我的吧？陶铮语说，你先看看信。柳侍衣拿起信，手微微发抖。看完信，她对陶铮语说，这是怎么回事？陶铮语问，顾大师说什么了？柳侍衣把头蒙到被子里说，你自己看。陶铮语拿起信，迅速地看完了。顾大师给柳侍衣的信也是寥寥几句话，他说，等他走了，望水斋交给柳侍衣，想卖想留随意，他还有些钱，也留给柳侍衣。信的结尾处，顾惜持写了四个字"离开铁城"，下面还打了着重号。陶铮语放下信，长叹了一口气。柳侍衣突然从被子里爬出来，抱住陶铮语的脖子，把他按在床上，胡乱地亲他的脸，像一个饥饿的人一样。从柳侍衣房间出来，陶铮语想吐，他觉得不舒服。就在昨天晚上，他又做了那个梦，梦里，他满手是血，怎么也洗不干净。他还做了另一个梦，梦里顾惜持问他，陶总，你说的那个案子现在破了吗？小女孩的那个。陶铮语说，没有。顾惜持说，没有也没关系，我天天为她念经文，她上天堂了。陶铮语说，她上天堂了，可她在人间的事情还没有解决。顾惜持说，人间的事，不值一提。陶铮语醒来时，满身冷汗。他想到梦中顾惜持的笑，笑得诡异。对他来说，小女孩和顾惜持都成了无解之谜，这一辈子他都无法解开。

顾惜持火化的那天，陶铮语、古修泉和柳侍衣都去了，还有平时和他来往密切的各色人等。柳侍衣穿了一套黑衣，连鞋子都是黑的，她的样子看起来像一个寡妇。顾惜持躺在冰棺里，经过修复，他的样子看起来安详，没有一点心事。追思堂里密密麻麻站满了人，众人随着司仪的节奏鞠躬，肃立。追思完毕，顾惜持被送进了火化炉。不到一个小时，顾惜持的骨灰盒送了出来。骨灰盒是用神树做的，陶铮语送了顾惜持一个。陶铮语捧着顾惜持的骨灰盒，走出殡仪馆。古修泉突然说了句，没想到这个骨灰盒倒是顾大师最先用上。陶铮语抬头看了看天，晴朗无比，白云一堆堆的堆积。临到上车，柳侍衣对陶铮语说，你把顾大师的骨灰盒给我吧。陶铮语眉头皱了一下。柳侍衣说，你们谁放都不合适，我一个人无所谓。陶铮语还在犹豫，古修泉说，陶总，你给小柳吧，放在小柳那里，顾大师也安心些。陶铮语把骨灰盒递给柳侍衣，柳侍衣接过骨灰盒，一滴眼泪滴在骨灰盒上。她拿手擦掉说，不能哭，再哭你就太苦了。上了车，古修泉问，你去哪里？柳侍衣说，我去望水斋。陶铮语说，我去公司。到了望水斋，柳侍衣抱着顾惜持的骨灰盒下了车，陶铮语问，你没事吧？柳侍衣笑了笑说，我能有什么事，又不是我男人死了。等陶铮语和古修泉走了，柳侍衣把骨灰盒打开，灰白的一把灰，还有细小的炭似的骨头渣子。柳侍衣说，你喜欢这个院子，就把你埋在这里吧。柳侍衣在鸡蛋花树卜挖了一个坑，一尺多深的样子，她把顾惜持的骨灰倒在里面，又把土盖上，拍结实。骨灰盒放在院子里的石桌上，雕龙刻凤，煞是好看。柳侍衣想，再怎么好看，也是个装死人的东西。冬天的暖阳，晒得人舒服，每一个毛孔都像张开了一样。柳侍衣靠在椅子上，她眯着眼睛，望着太阳，眼前是橙红的颜色，还有丝状的东西游动着飘过。她知道红色是她血液的颜色，丝状的是她无法描述的东西。不管是什么，那是她的，属于她身体里的。她想到顾惜持，他在铁城这么多年，望水斋曾经宾朋满座，现在安静得像不远处的西山寺。他喜欢鸡蛋花，他的骨灰在鸡蛋花树下，他应该是满意的。等明年的鸡蛋花开了，说不定有一朵花里，含有他身体的一部分。那是他复活了，重新来到了这个世上，只是没有人再认出他来。

柳侍衣在院子里坐了一个下午，她在走神。直到她接到一个电话，柳侍衣看了看电话上显示的名字说，姐，顾惜持死了。

图书在版编目（CIP）数据

余零图残卷 / 马拉著. -- 北京：作家出版社，
2019.8

ISBN 978 - 7 - 5212 - 0505 - 3

Ⅰ.①余… Ⅱ.①马… Ⅲ.①长篇小说 - 中国 -
当代 Ⅳ.①I247.5

中国版本图书馆 CIP 数据核字（2019）第073184号

余零图残卷

作 者：马 拉
责任编辑：李宏伟
装帧设计：申晓声
出版发行：作家出版社有限公司
社 址：北京农展馆南里 10 号 邮 编：100125
电话传真：86 - 10 - 65067186（发行中心及邮购部）
86 - 10 - 65004079（总编室）
E – mail: zuojia@zuojia. net. cn
http: // www.zuojiachubanshe.com
印 刷：中煤（北京）印务有限公司
成品尺寸：130 × 185
字 数：134 千
印 张：8.375
版 次：2019 年 8 月第 1 版
印 次：2019 年 8 月第 1 次印刷
ISBN 978 - 7 - 5212 - 0505 - 3
定 价：45.00 元